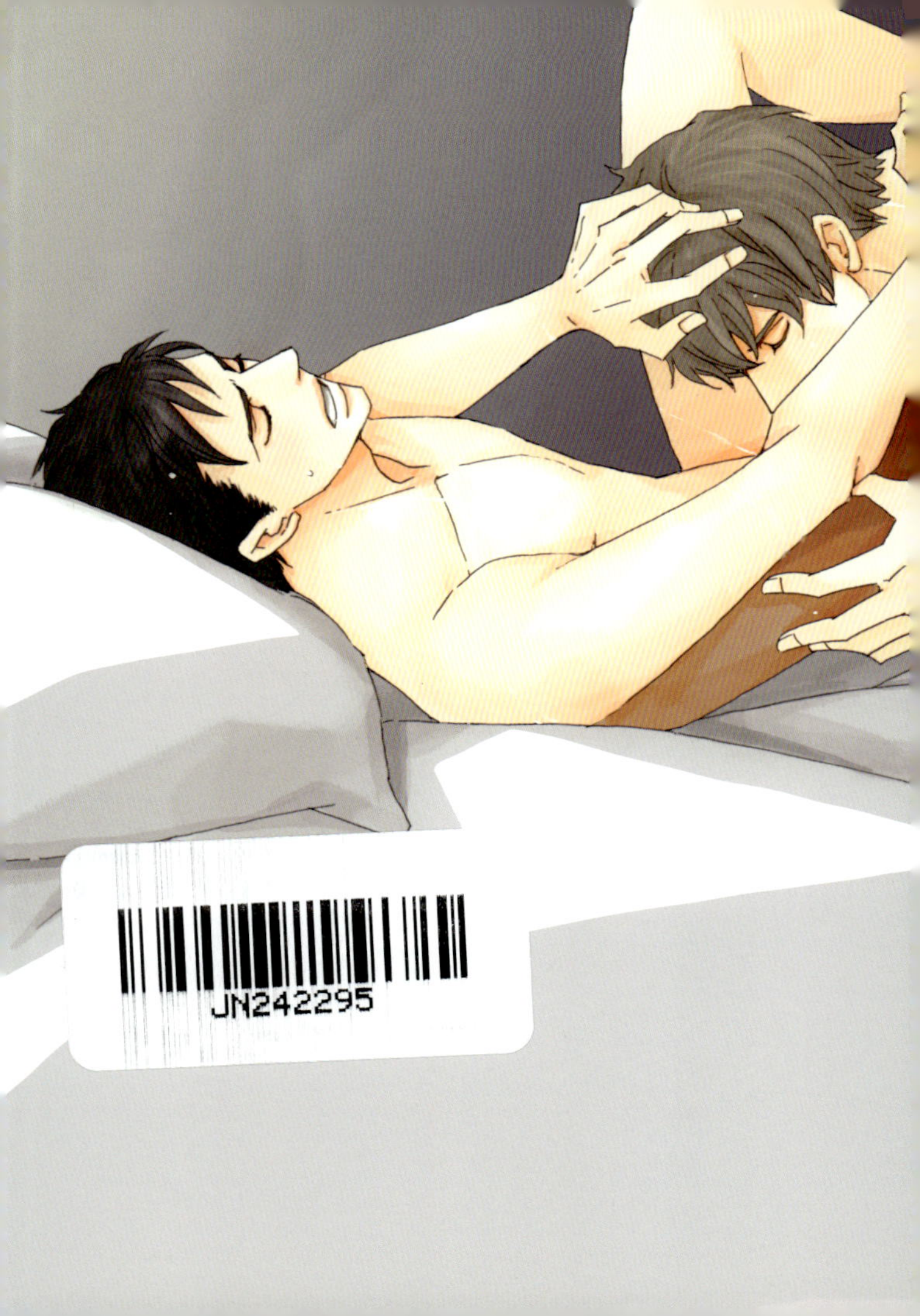

JN242295

恋する罪のつづき

いおかいつき

幻冬舎ルチル文庫

CONTENTS ✦目次✦

恋する罪のつづき

✦カバーデザイン= chiaki-k(コガモデザイン)
✦ブックデザイン=まるか工房

イラスト・麻々原絵里依✦

恋する罪のつづき

1

すっかり日も暮れた夕方、最上佑《もがみたすく》は勤務先である京立《きょうりつ》大学の研究室を後にして、大学前のバス停からいつもの通勤バスに乗り込んだ。

この時刻になると学生の姿は少なくなるが、有名な寺院が大学の近くにあるため、常に観光客でバスは混んでいた。佑は学生の頃から、この京都の街で暮らしているから、こんな光景も見慣れたものだ。

混み合う車内で佑は天井付近にある、つり革を吊すためのバーを持って立っていた。百八十二センチの長身のおかげで、どんなに車内が混んでいようと、つり革争奪戦に参加しなくても済む。それに、他の乗客よりも頭が高い位置にあるため、他人と顔を突き合わさなくていいのも、長身の利点だ。

佑がこの長身を最も生かしたのは、学生時代、バスケット部に所属していたときだった。高校卒業と共にバスケットはやらなくなってしまったが、あの頃は、本当に自分を長身にしてくれた両親の遺伝子に感謝したものだ。

佑はバスの天井付近の壁を見つめながら、今日に限って、学生時代を思い返すことになった原因を振り返った。

それは朝一番に届けられた。佑の住んでいる地域は、郵便の配達時間が早い。おそらく配達のスタートがこの地域なのではないかというくらい、午前九時台にはポストに郵便物が投函されているのだ。だから、佑は遅出の出勤時には、ポストを覗《のぞ》いてからマンションを出るようにしていた。

そのポストに、今日の朝、同窓会の案内状が入っていたのだ。とはいっても、学年やクラス単位の同窓会ではなく、高校時代に所属していたバスケット部のものだった。しかも、同じ時期に活動していた当時の部員たちを集めようというものらしく、かなり限定した同窓会となっていた。

差出人は佑と同じ学年だった遠野隆也《とおのたかや》だ。高校を卒業して以来、遠野と会ったのは、同じくバスケット部のチームメイトだった門倉《かどくら》の結婚式のときだけだ。それなのに遠野が実家ではなく、京都の佑の住所に案内状を送ることができたのは、佑が大学のときからずっと同じマンションに暮らしているからだろう。狭いワンルームだが、一人暮らしの身に不便はなく、引っ越しを考えたこともなかった。

バスケット部の同窓会など、これまで一度も開かれていない。今年が高校を卒業して、ちょうど十年と、きりのいい年だからだろうか。そんなふうに理由は考えてみたのだが、やはり、いきなり案内状を送ってきたことには、疑問が残る。

佑は同窓会と呼ばれるものに参加した経験はないのだが、参加者数がある程度わかっていないと、会場も押さえられないのだから、事前に相談や打診があるものではないのか。佑のところに、そんな電話は一切なかった。

開催は二ヶ月後、八月の第一週の土日になっていたが、それも遠野一人で決めたのかと、疑問ばかりが残る。だから、今日一日、ずっと気になっていた。

バスを降り、十五分弱歩いて、佑は自宅へと帰り着く。荷物を片付け、手洗いとうがいを済ませてから、ようやく携帯電話を取り出した。本当はすぐに電話したかったのだが、やるべきことをやってからでないと、落ち着いて話せない。昔から変わらない佑の性分だ。

携帯電話に登録してある番号の中から、高校時代のバスケット部仲間で、唯一《ゆいいつ》、今も付き合いが続いている、橋爪典行《はしづめのりゆき》を呼び出した。

『同窓会の案内だろ？　俺のところにも来てたよ』

佑の挨拶も呼びかけも待たずに、通話が繋《つな》がった瞬間、橋爪から切り出してきた。どうやら橋爪も気になっていたようだ。

「どうして急に同窓会なんて言い出したんだろうな」

それなら話は早いと、佑は朝から感じていた疑問を橋爪にぶつける。

『そりゃ、俺たちが高校を卒業して、ちょうど十年になるからじゃないか？』

「やっぱりそうか」

『遠野は賑《にぎ》やかなことが好きだったからな。これは騒げるチャンスだと思ったんじゃないのか？　それに、あいつくらいしか、バスケ部の同窓会をしようなんて、思いつきもしないだろ』

「確かに、そうだな」

橋爪に説明され、佑も納得する。当時、遠野は部内でムードメーカーだった。何かイベントごとがあると、遠野が率先して動いていたことはよく覚えている。

「ヅメは行くのか？」

今も継続して呼び続けている高校時代からの愛称で、佑は橋爪に問いかけた。

『お前は行かないつもりか？』

問い返す橋爪の口ぶりでは、行くことはもう決定になっているようだ。

「千葉は遠い」

佑はあながち嘘でもない理由を口にする。

大学進学を機に京都で暮らし始めたが、中学から高校までは千葉だった。その頃の仲間の何人かは、そのままずっと千葉で暮らしている。だからなのだろう、同窓会の会場として指定されていたのも千葉だった。

高校二年の夏、佑たちは山奥の廃校で合宿を行った。千葉市内にある高校からでも、バスで二時間かかるほどの不便な場所だ。そこが同窓会の会場だった。当時を懐かしもうというのだろうか、廃校に宿泊する一泊二日の予定になっていた。

京都から向かうとなると、移動だけでも五時間近くかかる。泊まりだから、一日で十時間の移動をするわけではないが、長距離移動になることは変わりない。

『確かに遠いけどさ、久しぶりなんだし、大学が夏休みの間なら、お前も休みを取りやすいんじゃないのか？』

佑は大学の研究室で、教授の助手として働いている。だからといって、学生たちと同じように二ヶ月も夏休みがあるわけではなく、カレンダーどおりだ。だが、橋爪の言うように、試験期間中などに比べると、休みは取りやすい。

『佑はキャプテンなんだから、お前が行かなきゃ話にならないだろ』

「今更、キャプテンは関係ないだろ」

佑は苦笑いで答える。

高校二年から三年にかけての一年間、佑はキャプテンを務めていた。人望があってというよりは、そのときのメンバーの中で一番バスケットが上手《うま》かったというだけだと、佑自身は思っている。

『絶対、みんな、会いたがってるって。一緒に行こうや』

橋爪はすっかり同窓会に乗り気だ。同じ京都市内に住んでいる橋爪が行くというのに、遠いからでは断れない。

「わかったよ。休みの申請をする」

『そうこなきゃな。どれくらい集まるんだろ』

まだ同窓会のある八月まで二ヶ月あるというのに、橋爪は期待に満ちた楽しげな口調になっている。

「俺以外のメンバーと連絡は取ってないのか？」

『当時のメンバーで関西にいるのって、俺たちだけだろ。会うこともないのに、用もなく連絡するのもなぁ』

仕方のないことだと言いながらも、橋爪はどこか残念そうだ。だが、佑は自分だけが薄情ではなかったとホッとする。

「やっぱりそうなるよな。俺も門倉の結婚式で会って以来、誰とも会ってないし、連絡も取ってない」

もう二年前のことだ。結婚式には当時の仲間が何人も出席していて、懐かしさから三次会、四次会と大いに盛り上がったのが、一晩明ければ、また関東と関西に分かれてしまう。次に会う約束など誰も口にしなかった。

『秋吾《しゅうご》とも？』

橋爪から不意に出た名前に、佑は動揺から咄嗟《とっさ》に言葉が返せなかった。

英《はなぶさ》秋吾はバスケット部では副キャプテンとして、佑を支えてくれていた男だ。それだけなら、再会を待ちわび、懐かしむことができた。だが、佑には秋吾に会いたくても会えない理由があった。それは、秋吾が佑の初恋の相手だからだ。

色恋に疎《うと》かった佑は、人を好きになる感覚が、秋吾に出会うまでわからなかった。誰とも違う感情を秋吾に抱《いだ》き、それが恋だと気付くのに一年かかった。だが、それだけだ。一方的な片想いのまま、卒業し、秋吾から遠ざかることを選んだ。男同士ということ以上に、秋吾には他に想いを寄せる人がいるのを知っていたからだ。だから、自分の気持ちを気付かれる前に離れたかった。

「秋吾ともだ。東京と京都じゃ、気軽に会える距離じゃない」

『そうなんだよな。たった二時間半が、結構遠く感じるんだよ』

橋爪も同じように思っていたのだろう、同意するのは早かった。

橋爪もまた佑と同じ京立大学出身だ。とはいっても、高校在学時は同じ大学を志望していたとは全く知らなかった。高校三年生のときはクラスが違い、部活を引退した後は、受験勉強で忙しかったのもあり、ほとんど交流がないまま、卒業を迎えた。そのときに橋爪が受験に失敗して、浪人することを知ったくらいだ。だから、一年後、佑のいる京立大学に橋爪が入学してきたときは驚いた。

佑が進学先に京都の京立大学を選んだのは、確かに学びたい日本史学に力を入れていることで有名だったからだが、秋吾への想いを断ち切るためでもあった。秋吾の志望大学は全て東京にあったから、簡単には会えない距離まで離れようと考えたのだ。

近くにいれば、会いたくなったときに会いに行けてしまう。会えば、秋吾を好きな気持ちを消すことができないのはわかりきっていた。

卒業して以来、秋吾と会ったのは二年前の一度きりだ。あのときは数時間、同じ空間にいただけだった。それに、他のチームメイトがたくさんいたから、最後まで二人きりになることはなかった。それなのに、まだ気持ちが消えていないことに気付かされた。

初恋というのは、なかなか冷めないものらしい。自分でも未練がましいとは思う。きっと、きちんと振られていないからだ。今もまだ名前を聞くだけでも、鼓動が早くなるのだから、重傷だ。

こんな調子で同窓会に出席して大丈夫なのか。甚《はなは》だ自信はなかったが、秋吾に会えるのは、やはり嬉《うれ》しい。自分が行きたかったからではなく、誘われたから仕方なく、という大義名分をくれた橋爪には、もう感謝しかなかった。

2

八月に入り、いよいよ同窓会も明日に迫っていた。同窓会の日程は土日だが、移動疲れも考慮して、佑はその後の月曜日から夏休みを三日間取ることにしていた。

「最上さん、明日から夏休みですよね？」

研究室で帰り支度をしている佑に、大学院生の松永《まつなが》が尋ねてきた。

「ああ。留守の間、頼むよ」

「了解です」

明るい性格の松永は敬礼する真似《まね》をして答える。

「帰省するんですか？」

「いや、親が転勤族だから、田舎《いなか》らしい田舎がないんだ。今も両親は俺が一度も暮らしたことのない札幌《さっぽろ》にいる」

生命保険会社に勤務する佑の父親は、二、三年のサイクルで日本中の支社を転々としていた。だが、さすがに中学から高校にかけては、進学に差し障《さわ》りがあってはいけないと、父親は単身赴任を選んだ。おかげで、六年間は千葉でずっと過ごすことができたのだが、佑の弟が高校を卒業し、東京の大学に進学したのを機に、母親は父親の赴任先である札幌へと引っ越して行った。

「それじゃ、夏休みはどうするんですか？」

「千葉で同窓会がある。それに合わせて休みを取ったんだ」

「楽しみですね」

そんな立ち話をしているところに、席を外していた教授の今井《いまい》が戻ってきた。今井は日本古代史の分野では第一人者だと言われている研究者だ。その今井を師事して、佑はこの研究室に入った。

「ああ、そうか。君は明日から夏休みやったね」

生粋《きっすい》の京都人である今井が、柔らかい京都弁で言った。

「休みの間に、講師の話をどうするんか、ゆっくり考えてきたらええわ」

「ありがとうございます」

佑は感謝の気持ちを表すため、深く頭を下げた。

今井が佑に他の大学で講師にならないかと話を持ちかけてきたのは、今週頭の月曜日のことだった。今井と親交のある他大学の教授から、急に欠員がでて困っているのだと言われたらしい。後期の授業から受け持つという話だから、もう一ヶ月しかない。

急ではあるが、佑にとってはもったいないくらいのいい話だ。講師の口もなかなか空きがなく、このまま京立大学にいたところで、いつ講師になれるかわからない。今井もそれがわかっているから、佑を推薦してくれたのだろう。

だが、平安時代を研究対象としている佑にとっては、京都自体が研究材料そのものだ。それに、今井の元で学びたいという思いもある。佑が踏ん切りがつかないでいるのも今井はよく理解してくれていた。それでも休み明けには返事をしなければ、この話は他へと回ってしまう。

六日後には返事を出す。そんな課題を抱え、佑は短い夏休みを迎えることになった。

翌日、どこか落ち着かない気持ちのまま、佑は京都駅から一人で新幹線に乗り込んだ。当初、佑は当たり前のように橋爪と一緒に行くつもりでいた。だが、橋爪には断られた。どうせ千葉に行くならと、橋爪は金曜も休みを取って墓参りをするために、一足先に出発してしまったのだ。

佑と同じく、橋爪もまた千葉に実家はない。橋爪は子供の頃に両親を事故で亡くし、ずっと祖父と二人暮らしだった。その祖父も橋爪が大学を卒業した年に亡くなった。二人が暮らした自宅はもう必要ないからと売り払い、残っているのは墓だけだと橋爪から聞いたことがある。

墓参りに行くと言われれば、一緒に行こうとは誘えない。結局、橋爪とは当日に千葉駅で待ち合わせて同窓会の会場まで行くことになった。

東京駅で新幹線を降り、千葉行きの電車へと乗り換える。そうして千葉駅で橋爪と合流したときには、既にお昼になっていた。同窓会会場はここからまだ電車とバスを乗り継いで二時間以上かかる。だから、先に昼食を済ませてから、再び移動を開始した。

「しかし、まさか、ここを会場にするとはな」

バスで隣の席に座った橋爪が、前方の景色を見ながら、半ば呆《あき》れたように言った。

一時間も曲がりくねった細い山道を走り辿《たど》り着いたのは、十五年以上も前に廃校となった小学校だ。佑たちは高校二年の夏、ここで一週間の合宿をした。

当時から廃校の再利用として、合宿やキャンプのできる施設として使われていた小学校だ。体育館や運動場もあって、おまけに周りには何もないから、合宿には最適だと学校関係者からはなかなかに人気の場所だと言う。子供を引率する立場としては、誘惑のない環境は好都合なのだろう。

一時間半に一本のバスも、途中から乗客は佑と橋爪だけになっていた。道中にはほぼ空家しかないのだから、それも無理はない。

「駅で誰かに会うかと思ったんだけど、俺たちだけだったな」

「ああ。バスもこれを逃《のが》すと集合時間に間に合わない。これより早いとすることもないだろうに」

バスを降りる直前、そんな会話を交わした。すぐに校門前のバス停に停《と》まり、最後の乗客である佑と橋爪はバスを降りた。

校門をくぐると左手にはグラウンド、右手に駐車場があり、その奥が校舎となっている。

その駐車場に車が三台停まっているのが見えた。

「なんだ、みんな、車で来てたのか」

橋爪が納得したように言った。京都住まいで車も持っていない佑たちには、車で行くという発想はなかった。だが、千葉や東京なら、この交通の便の悪さを考えれば、車で来るほうが楽だろう。

「帰りは乗せてもらえるかもな」

橋爪は車の横を通り過ぎながら、期待を見せる。

「何人来てるかわからないが、三台じゃ無理だろ」

佑は軽く窘《たしな》める。相手の都合も聞かずに好意を期待するのは理解できないし、車なら行き先が千葉駅にもならないだろうから、迷惑をかけるだけだ。

「そうだな。三台しかないってことは、他の奴らは前のバスで来てるってことか」

橋爪も無理に言うつもりはなかったらしく、あっさりと引き下がる。

「おーい」

校舎に近づいていく佑たちに声がかかる。懐かしい声だ。

「ヤナは来てるんだな」

橋爪がにやりと笑う。ヤナとは佑たちと同期の柳田《やなぎだ》の愛称だ。佑たちの学校では、試合中に短く呼びかけられるよう、ほとんどの部員には略称があった。結果、それは日常でも愛称として使われていた。橋爪もヅメだ。もっとも、佑や秋吾のように略しづらかったり、変える必要がない場合はそのままだった。

「結構、集まってるみたいだな」

佑は視線の先にいる集団を見て、感想を口にする。

校舎前の人だかりも、近づいていけば個別に顔が判断できる。同期では声をかけてきた柳田のほかには秋吾がいて、当時一つ下の一年生だった館林《たてばやし》、阿部《あべ》、眉村《まゆむら》の姿もある。

「久しぶり」

「お久しぶりです」

数年ぶり、もしくは卒業以来という再会に、それぞれが懐かしさを持って言葉を交わし合う。佑の元にも、秋吾が近づいてきた。

「佑、久しぶり」

昔と変わらない秋吾の笑顔に胸が熱くなる。けれど、佑はそんな感情は表には出さず、ただ懐かしさだけを表情に浮かべた。秋吾に対して、自分を装うのは昔から慣れている。

「本当に久しぶりだな」

「佑が京都から出てこないからだろ」

秋吾が笑いながら指摘する。実際、二年前の結婚式で上京して以降、京都を出ていないないは言い過ぎにしても、一度も関西から遠くには出かけていない。

「助手は薄給なんだ。交通費がかかる遠出はな」

あながち嘘でもない理由を口にすると、秋吾は声を上げて笑った。

「佑も冗談を言うようになったんだな」

「冗談ってわけじゃ……」

否定しかけた佑は、聞こえてきた橋爪の声に言葉を途切れさせる。

「しかし、これだけかよ」

橋爪の声には明らかに不満が混じっていた。

現時点で姿を見せているのは七人だ。佑たちの卒業校は、強豪とまではいかなかったが、県大会ではベスト四常連校で、それなりに部員数も多かった。十二年前の合宿時は、三年生が引退した後ではあったが、一、二年生合わせて十五人はいたはずだ。半数の参加者では、橋爪が不満を漏らすのも理解できる。

「多分、俺が一番乗りだ。俺が来たときには、まだ誰もいなかった」

今しがた到着した佑と橋爪のために、秋吾が状況を説明する。

「秋吾は何で来たんだ?」

「あの黒の車だ」

橋爪の問いかけに、秋吾は駐車場の一番端に停めてある黒のミニバンを指さして答えた。

「一度、実家に寄って借りてきたんだ。こんな山奥じゃ、足がないと、いざというときに困るだろ」

秋吾は何でもないことのように言うが、佑は思いつかなかった。昔から秋吾は当たり前のようにこういう気遣いのできる男だった。

「次に来たのが俺たちです。三人でレンタカーを借りて乗り合わせてきました」

館林が真ん中の青い車を指さしていった。三人は今でもたまに会っているらしく、今回も相談してレンタカーを借りることにしたと言う。

「その次が俺。俺も秋吾と同じで、実家から車を借りてきた」

もう指をさされなくてもわかる。三台目の白い車が柳田のものだ。

公共交通機関を使ってきたのは佑たちだけというわけだ。集合時間に間に合うバスは今ので最後だから、バス派はいないことになる。

「もうそろそろ集合時間だろ？」

柳田が腕時計で時刻を確認しながら言った。佑もつられて腕時計を見る。もっとも確認するまでもなく、今のバスは集合時刻に間に合うように、橋爪と相談して決めたのだ。佑たちがここに来た時点で、集合時刻の午後二時十分前だった。

「っていうか、遠野はどうしたんだよ」

橋爪が幹事の遠野がいないことに疑問の声を上げる。

「そうなんだよ」

柳田が溜息《ためいき》交じりに言った。

「あいつがいないから、俺たちもこうして外で待つしかなくてさ」

遠野がいなければ、校舎の鍵《かぎ》も開けられない。一番早く来た秋吾はどれくらい待っていたのか、彼の口からは愚痴《ぐち》は出てこなかった。

「遠野の電話は？」

「かけたけど、出ないんだよ」

佑の問いかけに、柳田が首を振る。

遠野がいないと始まらないため、今度は佑が電話をかけてみるかと、携帯電話を取りだした瞬間だった。メールの着信音が響いた。

「遠野からメールだ」

受信画面を見て、佑は全員に聞こえるように言った。

「なんだって？」

待ちくたびれていた柳田が詰め寄ってくる。

「ちょっと待ってくれ。読み上げる」

全員が気になっているのだから、そのまま伝えたほうがいいだろう。佑は遠野からのメールを開いて声に出した。

『仕事の呼び出しが入って、東京に戻らなきゃならなくなった。準備はしてあるから、俺抜きで始めてくれ。戻れるようなら戻る。校舎横の通用口の鍵は開けておいた』

「マジか」

佑がメールを読み終えるのを待って、柳田が驚きとも呆れとも言えない声を上げた。

「それだけか？」

秋吾が佑の手元を覗き込むようにして問いかける。

「……ああ。ほら」

数年ぶりに触れ合うほど近くに秋吾を感じたことで、佑は動揺しつつも、平静を装い、秋吾にスマホの画面を見せた。

「ということは、一度、こっちに来てたのか」

「ずいぶんと早く来てたんだな」

橋爪と柳田が意外そうな顔で言葉を交わす。当時の遠野はムードメーカーではあったが、世話好きな印象はなかったからだ。

「言ってくれれば、準備を手伝ったのに……」

阿部が言い、他の二人の後輩たちもそうだと同意している。

「遠野抜きで始めるにしても、他に参加者はいないのか知っておきたいな。遅れてくるかもしれないし」

気遣いの秋吾らしい意見だ。仮に誰か遅れてきたとしても、先に始めていたことに文句は言わないだろうが、どうせなら全員揃《そろ》ってから同窓会を始めたいのだろう。

「メールしてみよう」

佑はそう言ってから、手早くスマホを操作して、短いメールを遠野に送った。参加者を教えてほしいことと、少しでも来られるようなら顔を見せてほしいとも付け加えた。

「遠野とはメールのやりとりをしてるんだ？」

秋吾の問いかけに、若干の皮肉が混じっているように思うのは考えすぎだろうか。高校時代は部員全員の携帯番号やメールアドレスは知っていた。だが、大学に進んでから、携帯電話会社を変更したときに番号もアドレスも変えてしまったことで、佑の連絡先は相手側にはわからなくなってしまった。それまでも連絡を取っていなかったから必要ないだろうと、変わったことを伝えなかったのだ。その薄情さを秋吾は責めているのかもしれない。

「いや。今回の返事をするときに、葉書に俺のアドレスを書いておいたんだ。何かあったら、すぐに連絡してこられるからな」

「連絡先を教えるのが嫌だったわけじゃないんだ」

秋吾が独り言のようにポツリと呟《つぶや》く。そんなふうに思われていても仕方がない。佑はなんとも答えようがなく、聞こえないふりをした。

「そういえば、なんで郵便だったんだろうな」

柳田が不思議そうに言った。

「確かに、そうだな」

佑も同意して頷《うなず》く。住所しかわからない佑ならともかく、他のメンバーにはメールや電話でよかったのではないか。クラス単位の大がかりな同窓会ではないのだ。

「誰か、メールか電話で事前に打診されたり、相談されたりした奴はいないか？」

佑の問いかけに、全員が首を横に振った。

やはり妙な話だ。いくら部内のしかも一定期間に在籍していた部員だけの同窓会だとはいえ、遠野が一人で何もかも決めてしまったというのは、最初から佑も疑問に思っていた。

佑はこれまで同窓会といったものに参加したことがなく、もちろん主催したこともないから、はっきりしたことはわからないが、どうにも違和感は拭《ぬぐ》えない。

「とりあえず、中に入らないか？　雨も降ってきたし」

重い空気を打ち破るように、秋吾が話題を変えた。朝から曇っていた空が、ついに雨を降らし始めた。

「また雨っすよ。せっかく久しぶりの晴れだと思ったのに」

館林が空を見上げてぼやく。

「ここまでの道も連日の雨で荒れてましたよね」

「お前らはレンタカーだからいいかもしれないけど、俺は帰ったら、すぐに車を洗って返さないと、親父《おやじ》に怒鳴られるよ」

阿部の言葉に、柳田が嫌な顔で答える。そうやって、それぞれ会話を交わしながら、遠野のメールにあった、通用口へと向かった。

「システムは十二年前から変わってないんだな」

橋爪が隣に並び、話しかけてくる。

十二年前に合宿をしたときは、顧問の教師が事前に鍵の受け取りをしていた。当時からここに管理人のような存在はなく、電話なりで予約を取った後、管理する役所に鍵を受け取りに行くのだ。おそらく、遠野もここに来る前に役所に立ち寄り、鍵を受け取ってから来たのだろう。

「ホントだ。開いてるよ」

遠野のメールに書いてあったとおり、本来は閉められているはずの通用口の鍵はかかっていなかった。そのドアを開けたのは秋吾だ。

「待ってる間に確かめておけばよかったな」

そうしておけば、まだ遠野が来ないことへの不安も減ったのではないかと、秋吾は悔やんでいるような口調だった。

「そんなに長く待ってたわけじゃないんだ。気にすることはない」

秋吾には一ミリの責任などないのだと、佑は即座に励ました。責任感の強い男だから、佑が何か言ったところで意味はないのかもしれないが、言わずにはいられなかったのだ。

秋吾は一瞬、真顔になり、それから嬉しそうな顔で、佑に笑ってみせた。

「さてと、次はどうするかな。任せっぱなしにしてた俺たちも悪いけど、同窓会って何していいのかわかんないよな？」

橋爪が同意を求めるように、誰にともなく問いかける。

「準備はしてあるってことだから、食べるものの確認でもしとくか。こんな場所じゃ、気軽にメシを食いに行こうとは言えないだろ」

柳田の心配ももっともだ。近くには店どころか、民家すらない。買い出しに行くにも車で一時間近くかかってしまう。

「あるとしたら、調理室か」

「前は調理室で食事の支度をしたよな」

佑の呟きに、橋爪が懐かしそうに反応する。

「調理室に行ってみよう」

皆を促《うなが》すように佑が言った。もう高校生の頃とは違うとはいえ、やはりこのメンバーだけになると、指揮をし、決定をするのは自然と佑の役割になる。誰もが佑の言葉を待っているのがわかった。

調理室は通用口を入ってすぐ、校舎の左端に位置している。かつては給食を作っていた場所だ。そのままでも充分使用できるからと、ほぼ改装はされておらず、当時でも設備はかなり年季が入っていた。

ドアを開けると、部屋の中央にある調理台の上に段ボール箱が二つ、発泡スチロールの箱に缶ビールのケースが置かれているのが目に飛び込んできた。そのそばには鍵の束も置かれている。

「あいつ、一人で用意したのか」

箱の中を覗き込みながら、秋吾が感心したように呟く。

「どうして、俺たちに声をかけてくれなかったんだろ」

「そうだよな。俺たちが参加するのは、遠野先輩は知ってたわけだし」

下級生トリオが不思議そうに言い合う。

確かにそのとおりだ。お調子者でムードメーカーでもあった遠野は、下級生とも親しく接していた。手伝いくらい気安く頼めたはずだ。どうして、とことん一人でやろうとしたのか、まるで理解できない。

「この中に惣菜が入ってる。ここまで用意しておきながら、自分は参加できないなんてな」

冷蔵庫の中を確認しながら、秋吾が残念そうに呟く。

「悔しいだろうな。言い出しっぺだし、あいつが一番みんなに会いたかったはずだ」

橋爪も同調し、室内にしんみりとした空気が流れる。

遠野は戻ってこられたら、というふうに書いてはいたが、ここから東京に行って戻ってくるだけでも、五時間はかかる。今日中には戻ってこられないのは確実だ。

社会人になって、学生との違いをもっとも痛感したのは、自分の都合だけで予定が立てられないことだ。仕事だと言われれば断れない。研究室勤務の佑でさえ、そうなのだから、民間の会社勤めをしている遠野なら、尚更《なおさら》だろう。確か、遠野は飲料メーカーの営業をしているはずだ。

「戻ってこられるかもしれないんだ。俺たちだけでも同窓会をしよう」

湿っぽくなった空気を振り払うように、佑が声を上げる。

「そうだな。せっかく集まったんだし」

「ここまで来て引き返すなんて嫌ですよ」

秋吾が賛同すると、後輩トリオも同意し、他のメンバーも賛成だと頷いている。

「食事はこれでなんとかなるとして、遠野は残りの時間はどうやって過ごすつもりだったんだろう」

「何もない山の中だしな」

「ずっと練習なんて、いやだぞ」

橋爪と柳田の会話に笑いが広がる。十二年前の合宿がほぼ練習漬けの一週間だったことは、誰の記憶にも鮮明に残っている。当時は部屋にエアコンもなく、皆そのせいで寝付かれなくて、いつもの練習以上に疲れたことも、今となってはいい思い出だ。だからといって、また同じような思いはしたくないのも、皆に共通した思いだった。

「あ、でも、俺、ボールを持ってきましたよ」

館林が得意げに口を挟んだ。

一人だけ、大きなバッグを持っているとは思っていたが、その中にバスケットボールが入っていたようだ。

「準備がいいな」

「十年ぶりに先輩たちとバスケをしたかったんですよ」

「かわいいこと言うじゃねえか」

柳田が館林にヘッドロックをしつつ、頭を撫《な》で回す。一気に十年前に戻ったような光景に、誰もが口元を緩めた。

「それじゃ、先に寝る場所を決めてから、体育館でバスケだな」

また決定は佑がした。いちいち多数決を取るのも時間の無駄だ。それなら望まれていることだし、佑が決めてしまったほうが早い。

この廃校は元は小さな小学校だった。二階建てではあるが、児童数が少なかったから、教室の数も少ない。だから、この学校を利用できるのは、毎回一組と限られていた。学校丸ごと自由に利用できるので、多少の不便はあっても、合宿地としては人気なのだ。

一階は調理室から順に、保健室、正面玄関を挟んで会議室、職員室と続き、校長室が反対側の一番端となっている。二階は二学年ずつ一クラスの計三つの教室と、音楽室が順番に並んでいた。

どの教室を使ってもよく、二階は音楽室以外は教室の半分を畳敷きにしていて、宿泊スペースとなっていた。十二年前は部員を二部屋に分け、残る一部屋に監督とコーチという部屋割りだった。

正面玄関の真ん前に二階への階段があり、そこを使って二階に上がる。

「全員、同じ部屋でいいだろ？」

「この人数だ。分けるまでもない」

佑の質問に答えたのは橋爪だった。副キャプテンだった秋吾でないのは、ただ橋爪が佑のすぐそばを歩いていたというだけだ。佑が先頭を歩くとき、秋吾はいつも最後尾を歩いていた。それは部活でのいつものパターンだった。

階段を上がってすぐの教室を覗くと、畳の上に布団が二つの山になって積み重ねられているのだ。寝具は有料で貸し出ししていて、事前に頼んでおけば、前日に運び込んでおいてくれるのだ。遠野はそこもぬかりなかった。

「ほかの教室にも布団が置いてあるか？」

佑が誰にともなく尋ねると、後輩三人がすぐに残る二つの教室へと走った。昔の習性がすぐに蘇《よみがえ》ったらしい。

「他にはありません」

廊下から覗いただけで布団の有無は確認できる。結果報告は早かった。

「それじゃ、この部屋を使おう」

佑がそう言うと、廊下にいた後輩たちも部屋に入ってきて、それぞれ好きな場所に荷物を置いた。

畳敷き以外のスペースには、小学校の児童たちが使っていた机と椅子《いす》がそのまま残されている。荷物置き場にもなるし、そこで食事もできると、あえてそのままにしているようだ。もっとも高校生の頃から、バスケット部だけあって、全員、百七十五センチを超える高身長だったから、既に机も椅子も小さくて、机が椅子代わりになっていた。

「何人分ある?」

佑が尋ねたのは、それで参加予定者の数がわかると考えたからだ。メールで遠野に問い合わせているが、仕事が忙しいのか、未《いま》だに返事はなかった。

橋爪が畳の上に置かれた布団の山に近づき、数え始める。

「八組あるな。ってことは、遠野を入れて、全部で八人が参加予定だったってことか」

「なんだよ、みんな、薄情だな」

不満の声を上げたのは柳田だ。

「俺も全員とはいかなくても、もっと集まるかと思ってました」

館林も納得がいかないふうに言った。

「連絡先がわからないってこともあったんじゃないかな」

秋吾がそう言ったのは、この場にいない、幹事の遠野を気遣ってのことだ。

「全員がずっと連絡を取り合ってたわけじゃない。調べるのも大変だっただろう」

佑も遠野の労をねぎらう。現に佑のように電話番号を変更しても連絡しない人間もいるのだ。

「そういや、坂口《さかぐち》先生、亡くなったんだって？」

橋爪が思い出したように口にしたのは、当時のバスケット部の顧問の名前だ。十年前、もうすぐ定年だと言っていた。それから計算すると、亡くなったときでもまだ六十代。今の寿命から考えると早すぎる死だ。

「去年の3月ですね。俺は地元にいるから、お葬式に行きましたよ」

そう答えた阿部によると、他にもバスケット部員が何人か焼香に来ていたらしい。

「坂口先生は残念だったが、コーチには声をかけたのかな？」

「西条《さいじょう》コーチか。懐かしいな」

橋爪の疑問に秋吾が真っ先に反応した。言葉どおりの懐かしそうな表情をしている。けれど、佑は上手く表情が作れなかった。

西条貢《みつぐ》は当時、まだ二十五歳の臨時採用された常勤講師だった。中高とバスケット部だったからとコーチになったものの、正直、あまり上手くはなかった。しかもたった一年半でいなくなったのに、記憶から消えていないのは、西条が秋吾の想い人だったからだ。

いくら男子校でも、男同士の関係がオープンになるほど開けた学校ではなかった。それでも秋吾と西条は、校内で噂《うわさ》になるほど特別に親し気だった。

二人は付き合っているわけではなかったが、西条もキャプテンの佑よりも副キャプテンの秋吾によく話しかけていたし、指導方法について相談もしていたようだ。佑はその相談内容を秋吾から聞かされた。

西条が佑にはあまり話しかけてこなかったのは、おそらく近寄りがたかったからだろう。あまり笑わないし、面白い話もしない。橋爪からはくそ真面目《まじめ》だと言われたこともあるほどの堅物だ。秋吾のような人当たりの良さはまるでない。社交的で誰にでも優しく、気遣いのできる秋吾に、指導歴の浅い西条が頼るのも無理はなかった。

それに、笑わないせいもあるのか、第一印象が怖いと言われる佑と違い、秋吾は柔らかい雰囲気を醸し出していた。穏やかな笑顔もそうだが、ふわふわとした手触りのよさそうな茶色の髪も、その印象を増大させている。コートを走るときに軽やかに揺れていたのが羨《うらや》ましかった。佑は硬い黒髪だったから、短髪にするしかなかったのだ。

「コーチしてたっていっても、一年とちょっとのことだろ？　呼ばれても困るだけじゃねえの？」

だから遠野も案内状すら出していないだろうと、柳田は言いたいようだ。特別に思い入れもないのか、口調は素っ気なかった。

「家庭の事情とかで、夏休み明けに辞めたんでしたよね？」

阿部が記憶を辿りながら、確認を求めるように言った。その声にあまり懐かしさは感じられない。佑たちでさえ、一年ちょっとなのだから、一つ下の阿部たちなら、なおさら馴染《なじ》みはないのだろう。

「そうそう。夏休み明けたら、もう辞めたって言われて、びっくりしたんだよ。秋吾は何も聞いてなかったのか？」

橋爪に尋ねられた秋吾は、笑って首を横に振る。

「学校でしか会ってなかったんだから、聞きようがないって」

「そうか。秋吾でも知らなかったのか」

「知ってたら、そのときに言ってるよ」

秋吾と橋爪が西条について話している間、佑は一切、口を挟まなかった。挟めなかったというほうが正しいだろう。当時は、西条とのことを秋吾に聞けなかった。秋吾から話してくる分には仕方ないが、秋吾の口から西条の名前が出るのが辛《つら》かったからだ。

だが、今になってこうして聞いてみると、もしかしたら、秋吾が西条を好きだったというのは勘違いだったのかもしれないと思えてきた。秋吾の態度があまりにもあっさりとしすぎている。

「コーチって、バスケは上手くなかったけど、なんか、一生懸命な人でしたよね」

西条の話が続いていたから、阿部も思い出したのだろう。記憶の中の西条について語り始めた。

「備品の整備は一年の仕事なのに、気付けば、いつも一緒にしてくれてるんですよ」

「あ、俺、掃除を代わってもらったことありました」

館林が思い出したように言った。

「お前は入部してすぐレギュラー候補になったからだろ？」

橋爪に問いかけられ、館林はそのとおりだと頷く。

「掃除なら僕でもできるから、君は練習しておいでって言ってくれたんです」

西条なら言いそうなことだ。その光景は、きっとこの場にいる全員が容易に想像できただろう。

「笑ってるところしか見たことないくらい、優しい人だった」

「来てもらいたかったな」

秋吾の言葉を受け、橋爪も残念そうに呟く。佑もそうだなと同意した。

秋吾の想い人という意味では複雑だが、世話になったのも確かで、西条はこの場に出席してもらうにふさわしい人物だ。

「連絡先がわからなかったんだろ」

柳田はあまり思い出がないのか、素っ気なく言った。

「かもしれないな」

佑が納得したような相槌《あいづち》を打つと、それきり西条の話題は出なくなった。この場にいない人間の思い出だけをいつまでも話題にしていては、せっかく集まった仲間との時間がもったいないと、誰もが思ったのかもしれない。

「よし、とりあえず、着替えて体育館に集合だ」

ある意味、同窓会での一番のイベントとも言えるバスケットを始めようと、佑が提案すると、部員たちはお互い顔を見合わせる。

「どうした?」

「そんな当たり前のように着替えができると言われてもさ」

不思議がる佑に、橋爪が皆を代表するように言った。

「なんだ、着替えがないのか?」

佑は驚きで問いかける。バスケット部の同窓会なのだから、何も考えずにTシャツとハーフパンツ、それにおよそ十年ぶりとなるバスケットシューズまで荷物に入れてきた。だから、一泊二日にしては荷物が多くなったのだ。

「そりゃ」

橋爪はニヤリと笑う。

「持ってきてるに決まってんだろ」

橋爪の言葉を待っていたのか、他の部員たちも笑顔で自らの荷物を開け始めた。遠野から届いた案内状には何を持ってこいなどとは書いていなかったが、バスケットをしないはずがないと全員が考えたのだ。

「佑が確認もせずに言い出したのがおかしかったんだよ」

秋吾が笑いながら指摘する。

「十年のブランクがあっても、いいチームワークってことですよね」

嬉しそうに言ったのは、既に着替えを始めている館林だ。よほど、このメンバーでまたバスケットができることが嬉しいらしい。

「タテごときに負けてらんねえな」

橋爪も急いでバッグを開け始める。

その光景に佑は口元を緩めつつ、自らもバッグを開け、着替え一式を取り出した。

「そのシューズ、まだ持ってたんだな」

秋吾の視線が佑の手に注がれる。佑が高校時代、最後に使っていたシューズを持ってきていた。もう履くことはないかもしれないと思いながらも、最後に使っていたシューズは捨てられなかった。

「俺もまだ待ってる」

秋吾はそう言って、同じデザインのシューズをバッグから取り出して見せた。色が違うだけで同じものになってしまったのは、全くの偶然だったが、当時はそれだけでも嬉しかったものだ。

「浸ってるとこ悪いけど、着替えてないの、もうお前らだけだぞ」

呆れ声で橋爪に指摘され、佑と秋吾は顔を見合わせて笑い、それから急いで着替えを済ませた。

「待たせたな。行こうか」

佑が声をかけ、全員で教室を出ようとした。

「鍵を忘れてるぞ」

橋爪が気付いて、鍵束を持ち上げる。さっき調理室から持ってきて、出入り口の扉近くの机に置いておいたのだ。

鍵束の鍵の一つ一つには、どこの鍵かを記したタグがついてある。その数はおよそ十個あまり。それだけ数があると、かなりの重さになる。だから、橋爪は体育館の鍵だけを抜き取り、佑に手渡した。

鍵を手にして、今度こそ、教室を出て、体育館に向かう。

階段を降りながら、自然とこの人数でどうやってバスケットをするかの話が始まった。

「今更、基礎練なんかしたくないし、やっぱミニゲームだろ。七人だから、スリーオンスリーしかできないけど」

「チーム分けはどうするんですか？」

柳田の提案に館林が質問する。

「一試合ごとにチーム替えをしないか？　十年前とは違って体力も落ちてるだろうし、長時間の試合は無理だと思うんだ」

「違いない」

秋吾の言葉に橋爪が即座に頷き、全体に笑いが広がる。

高校時代は体力お化けとまで言われた佑も、今では体を動かすことがほとんどなくなっている。当時のように動ける自信は全くなかった。

体育館は校舎の真裏にある。階段を降りると、すぐ横にあるドアから渡り廊下で繋がっていた。

そのドアを開けると、いきなり雨が吹きつけてきた。

「本降りになってきたな」

目の前に広がる光景に、佑は顔を顰《しか》める。ずっと屋内にいたから気付かなかった。強くなった雨に風が吹きつけ、渡り廊下の屋根の意味をなくしている。

「体育館まで走るぞ」

僅《わず》か十五メートルほどの距離だが、悠長に歩いていては濡《ぬ》れ鼠《ねずみ》になってしまう。佑は率先して走り出した。


結局、三時間あまりもバスケットを楽しんだ。懐かしい感触に、息を切らしながらもボールを追いかけるのが楽しかった。

「もう六時を過ぎてる。そろそろ食事の支度をしよう」

佑は腕時計を見ながら、皆を促した。

ここが旅館なら、何もしなくても食事が並ぶ。だが、ここは旅館ではないし、料理人どころか、従業員など一人もいないのだ。自分たちで用意するしかない。

さっき見た限り、遠野がそのままでも食べられたり、温めればいいだけだったりと、簡単なものを用意してくれていたから、支度もそう時間はかからないだろう。

「風呂は？」

汗だくになって気持ち悪いのか、橋爪が佑に尋ねる。

「今から順番に入っていくと、食事が遅くなる。食べ終わってから、各自好きなときに入ることにすればいいだろう」

「汗臭いのなんて、誰も気にしないって」

秋吾のフォローに笑いが広がる。全員が汗を掻《か》いているのだ。それに汗臭いのには、十年前にさんざん馴《な》らされた。

さらに激しくなった雨の中、渡り廊下を走り抜け、再び調理室へと移動した。

「この辺はレンジで温めればいいか。東京のデパ地下で買ってから来たみたいだな」

柳田が冷蔵庫から、総菜のパックを取り出しながら言った。大人の男八人分の食事の予定で購入したのだから、かなりの量だ。

「こっちは酒のつまみだ。さきいかにピーナッツ、サラミもあるぞ。どれだけ飲むつもりだったんだか」

秋吾がおかしそうに笑っている。

「飲めない奴、いるか?」

橋爪が全員に問いかける。佑たち先輩組は皆首を横に振った。

「強くはないですけど」

「飲み会で元を取れるくらいには……」

後輩たちも順番に答え、誰も下戸はいないことがわかった。

「飲めない奴はいないってことだ。酒だけは充分にありそうだし、乾き物とか、そのままでもいけるやつから、順番に運んでいこう」

よほど腹が減っているのか、珍しく橋爪が指示を出した。

「どこに運びます？」

阿部が尋ねる。後輩として、率先して動くつもりでいるようだ。

「会議室でいいんじゃないか？　わざわざ上に運ぶのは面倒だろ。また持って降りてこなきゃいけないし」

「それもそうだな」

佑が納得したことで、阿部たちがすぐさま料理を運び始める。酒類は段ボールごと運んだ。紙コップや紙皿、割り箸も揃っていて、遠野は食器を洗ったりする手間がいらないようにしてくれたらしい。

小さな学校の会議室だから小さな部屋ではあるが、七人なら充分な広さだ。今も当時のままの長机を口の字型に並べてある。

元々、ほぼ手を加える必要がないものばかりだから、準備する組より運ぶ組のほうが数が多くなり、気付けば、調理室には佑と秋吾の二人だけになっていた。

「あと、どれくらい？」

「このピザができたら終わりだ」

秋吾の問いかけに、佑が答える。

備品の電子レンジに温めるだけのピザを放り込んだのだが、表示された残り時間はまだ三分もあった。

「秋吾も先に向こうに行っててていいぞ」

「キャプテンを置いていけないな」

「もうキャプテンじゃないだろ」

「俺の中では、佑はずっとキャプテンだよ」

懐かしそうな顔で、秋吾が微笑《ほほえ》んでいる。

自分から連絡を取らずにいたくせに、秋吾が忘れないでいてくれたことが嬉しくて胸が震える。それが表情に出てしまいそうで、佑はばれないよう、電子レンジを覗き込む振りをして、秋吾から顔を隠した。

「キャプテンなんて、俺のガラじゃなかったんだけどな」

視線を電子レンジに向けたまま、佑は苦笑いで言った。

「佑がならなきゃ、誰がキャプテンになるんだ。十年経《た》っても変わってない。佑のリーダーシップには惚《ほ》れ惚《ぼ》れしたよ」

「大げさだ」

秋吾からの賞賛の言葉が照れ臭く、佑はなかなか振り返ることができなかった。

「……仕事はどうだ？」

せっかくの二人きりの時間を沈黙で埋めたくなくて、佑は自分から話題を変えた。

「今はどうにか様になってきたかな。昔に比べたら、少しは要領もよくなってきたし」

「秋吾でも最初は大変だったのか？」

佑の質問の仕方がおかしかったらしく、秋吾がクスリと笑う。その笑い声を聞いて、佑はようやく振り返った。

「俺をなんだと思ってるんだよ」

「お前なら何でもそつなくこなせると思ってた」

「そんなの社会に出たら通用しないって」

秋吾は気を悪くしたふうもなく、笑顔のまま、むしろ楽しそうにしている。

「佑は？　研究室で働いてるんだったよな？」

「好きなことが仕事になるのはありがたいが、なかなか自分の研究をする時間がない」

「そんなものなのか？」

「助手だからな。教授たちの手伝いをするのが仕事のようなものだ」

お互いに知らない世界の話だから、興味深く聞いていた。佑は一般的な会社勤めをしていないから、秋吾が毎日どんなふうな生活をしているのか想像できないのだ。

「佑が研究室って聞いて、最初は驚いたけど、思い返してみたら、昔から体育会系とは思えないほど、本を読んでたもんな」

だから、納得だとばかりに秋吾は頷いている。

「そんなに人前で読んでた覚えはないんだが……」

佑は戸惑いを隠せなかった。学校ではいつも友人が一緒にいたし、部活動もあって、本を読む時間などなかったから、秋吾に見られていたとは思えないのだ。

「よく市立図書館にいただろ？　あの前は俺のランニングコースだったんだ」

「知らなかったな」

秋吾が部活外でもランニングをしていたのは知っていたが、さすがにそのコースまでは聞いていなかった。

「駐輪場に佑の自転車が停まってるときは、いつも中を覗いてたんだよ」

「声をかけてくれればよかっただろ」

「すごい真剣だったから、邪魔できなかった」

思い当たることはある。高校時代はとにかく時間がなかった。学校の授業以外に朝練と放課後の部活で、家に帰れば勉強もしなければならない。図書館でしか本が読めなかったのだ。その分、集中できたから、結果としてはよかったのかもしれない。

「でも、まさか、京都の大学に行くとは思わなかったな」

秋吾の言葉に、ほんの僅かだが、責めるような響きを感じたのは、佑の思い過ごしだろうか。合格するまで誰にも言わずに黙っていた後ろめたさが、佑にそう思わせた。

「元々、候補の一つではあったんだ」

どうしてこんな言い訳をしなければならないのか。自分の進路なのだから、誰に何を言われる筋合いはない。けれど、秋吾にはそうは言えなかった。

高校三年になるまでは、佑の本命は東京の大学だった。だが、秋吾の志望大学も東京にあるのを知り、京都にある京立大学を第一志望に変えたのだ。

物理的に離れてしまわないと、秋吾への想いが断ち切れず、未練がましくそばに居続けてしまう。そう思った。

歴史を学ぶのなら、街のあちこちに史跡が存在する京都がいいなどとは、後付けの理由だ。それでも、今は自分の選択を正しかったと思っている。今こうして研究室で働けているのも、あのときの選択があったからだ。

「俺が夏に聞いたときには、まだ東京の大学だったけど、いつ変えたんだ?」

それまでの笑いを引っ込め、秋吾が真顔で尋ねてくる。

「それは……」

咄嗟に言葉が出てこない。どう答えるべきか、まさか今になって追及されるとは思わなかった。

それは佑が秋吾に初めて吐《つ》いた嘘だ。高校三年の夏には、志望校は京立大学に変わっていた。だが、何故《なぜ》なのかと理由を聞かれるのが怖くて、正直に言えなかった。それなら、志望校は東京の大学のままだと言っているほうが楽だったのだ。

二人の間に沈黙が流れる。聞こえるのは電子レンジの音と外の雨音だけになっていた。

何か言わなければ、秋吾におかしく思われる。わかっているのに、上手い言い訳が見つからない。

そのとき、必死に頭を働かせる佑を助けるかのように、電子レンジのタイマーのできあがりを告げる電子音が響き渡った。

「……できたな。みんな、待ちくたびれてるだろう」

これ幸いと話を切り上げ、佑は電子レンジからピザを取り出した。元々入っていた紙箱にピザを戻すと、

「俺が持つよ」

さっと秋吾が佑から取り上げ、運び出す。

その姿に、佑はホッとした。さっきの質問はもうなかったかのように、秋吾の顔にはいつもの穏やかな笑みが浮かんでいた。

料理はこれが最後で、他にはもう運ぶものはない。先に歩き出した秋吾の後に、佑は手ぶらでついていった。

「遅いぞ」

会議室に入ると、待ちわびていた橋爪たちに出迎えられた。

「悪い。思ったより時間がかかった」

そう言いながら、秋吾がピザをテーブルに並べる。

既に長机を二つ組み合わせ、広い食卓ができあがっていた。その周りをパイプ椅子が取り囲み、テーブル上には出来合のものばかりとはいえ、充分な量の食事が並んでいる。

この場合でも上座というのなら、ドアから一番遠い場所に二席、椅子が空いていた。佑と秋吾のために空けておいてくれたのだ。これも高校時代の習慣だ。佑と秋吾はそこに並んで座った。

「それじゃ、始めようか」

秋吾がそう言って、佑を見た。

「なんだ？」

「乾杯の音頭は、やっぱり佑がとらないと」

「そうそう」

秋吾の言葉に、皆から同意の声が上がる。ここで断るのも場をしらけさせるし、そもそもいやがるほどのことでもない。

「それじゃ……」

佑が缶ビールを手にすると、全員がそれに倣《なら》う。

「十二年ぶりのこの場所で会えたことに、乾杯」

佑の声を合図に、全員が缶を持ち上げる。向かい合わせだと距離があるため、体を伸ばしながらも、それぞれが缶をぶつけあった。

「このメンバーで会うのは、本当に十年ぶりだな」

全員が缶ビールで喉を潤《うるお》した後、橋爪がしみじみとした口調で言った。二年前の門倉の結婚式に呼ばれたのは同期だけで、後輩たちまでは来ていなかった。その門倉も今回は出席していない。家庭を持てば、独身の佑たちのようには自由に行動できなくなる。子供も生まれたらしいと聞いている。まだ小さい子供を抱えていては、尚更、泊まりでの同窓会は厳しいだろうことは容易に想像できた。

そんなことを考えていた佑は、ふと思い出して、携帯電話を取り出した。

「遠野か？」

すぐに気付いた秋吾に、佑はそうだと返す。

「ああ、返事が来ていないかと思って」

最初に遠野からメールが届いて以来、何度か確認してみたが、連絡はなかった。よほど、仕事が立て込んでいるのか、私用のメールを出す時間もないようだ。今回もまた何もメールは届いていない。

「返事なしか」

「ああ」

それでも連絡があればすぐに気付けるようにと、携帯電話をテーブルの上に置いた。部活の合宿中ならあり得ないことだが、今は親しい仲間との同窓会で誰も咎《とが》めるものはいない。佑以外にも何人か、携帯電話を身近に置いていた。

「遠野は東京だったよな？」

橋爪が確認するように問いかけると、真っ先に反応したのは秋吾だった。

「案内状のリターンアドレスは東京の住所になってた。会社は新宿にあるって結婚式のときに聞いたから、東京在住で間違いないいんじゃないかな」

「それならとっくに会社に着いてるはずだな」

佑が遠野からメールを受け取ったのは、集合時刻の午後二時だった。それから四時間は経っているから、遠野は会社で仕事をしているだろう。

「これだけの荷物を運ぶんだ。レンタカーでも借りてたんだろうに、本当に気の毒だな」

秋吾がこの場にいない遠野を気遣う。だが、遠野のことばかりを気にして、この場が盛り上がらなければ、何もかも無駄になってしまう。

「俺たちが充分に楽しめばいいんだ。そうしたら、次回の開催もしようっていう気になるだろう」

「なら、次は俺が幹事をするよ」

佑の言葉を受け、秋吾が名乗りを上げる。

「じゃ、絶対に盛り上がりましょう」

懐かしい顔が集まったことがよほど嬉しかったのか、館林は既に次回を期待した言葉を口にする。

「そうだな。こいつらを飲み尽くさないと」

柳田のおどけた声に視線を向けると、テーブル上には焼酎のボトルと日本酒にワインまで並べてあった。

「ガンガン飲んでこう。持って帰るのも面倒だ」

「賛成」

柳田の提案に、皆が声をそろえて賛同した。ゴミは分別して、山のふもとにあるゴミステーションに捨てていいことになっているが、特に電車組の佑と橋爪はできるなら、荷物は増やしたくないから、真っ先に声を上げげたくらいだ。

簡単な食事での宴会だったが、久しぶりの再会で話は尽きなかった。

「東京組はよく会ってるのか?」

橋爪が尋ねる。来られなかった遠野以外、このメンバーでは秋吾に柳田、眉村に館林が東京で働いている。地元の千葉に残ったのは阿部だけだ。

「いや、かなり久しぶりだ」

柳田が答えると、秋吾もそうだと頷く。

「会社が近いとかなら会いやすいんだろうが、離れてるとな」

「秋吾は赤坂で、遠野が新宿だろ。で、俺が神田。めっちゃ離れてるってわけじゃないけど、仕事帰りってなるとな」

「ああ。かといって、休みの日は出かけるのが億劫《おっくう》になるんだよ」

「わかる」

秋吾と柳田が共感して頷き合っている。

こんなやりとりを見ていると、やはり、時の流れを感じずにはいられない。高校時代は部活帰りによくみんなで買い食いしたものだ。学校近くのコンビニや、駅前のファストフード店は常連だった。

「秋吾先輩は広告代理店で働いてるんですよね？　誰か有名人に会ったりしました？」

館林が興味津々《しんしん》の顔で尋ねる。

「有名人かぁ」

そう答えて、秋吾は首を捻《ひね》る。

「俺の部署はそっちの華やか系じゃないんだよ。だから、広告業界での有名人とかになら会ってるけど、誰もが知ってる芸能人とかは無縁だな」

「そんなもんなんですね」

明らかに落胆した様子の館林に、秋吾がプッと吹き出す。

「俺が会ったことあったとしても、お前が会ってることにはならないぞ」

「いいんです、それでも。話を聞くだけで会った気になれますから」

「お前、意外とミーハーだったんだな」

後輩の知らなかった一面に、笑いが広がる。まるで昔の雰囲気そのまま、楽しい宴会は始まった。

3

笑いの絶えない宴会は二時間続いた。

「とりあえずさ、一次会はいったんお開きにして、上で飲み直さないか？」

橋爪が空になった缶ビールをゴミ入れにしたレジ袋に入れながら、きりがいいからとばかりに言った。

「いいね。飲み過ぎても寝転がれるし、何より、畳は落ち着くよ」

秋吾がすぐに同意したのは、長く座るには不向きなパイプ椅子に腰掛けているせいかもしれない。特に、百八十センチを超える佑や秋吾には、パイプ椅子は窮屈に感じた。

「その前に風呂に行かせてくれ」

「酔う前にか」

橋爪の台詞《せりふ》に、佑は笑いながら指摘した。

それほど頻繁に飲みに行っているわけではないが、橋爪が酔うとすぐに寝てしまうことくらいは知っている。

「風呂はおのおの好きな時間に行けばいい。もう高校生の合宿じゃないからな」

佑がそう言うと過去を思い出したのか、皆、声を上げて笑い出した。あの合宿では風呂の時間まで細かく決められていた。二年生から入り、次に一年生と、それもあまり時間がないから、さほど広くない風呂に慌ただしく集団で入ったものだ。その記憶が全員に蘇ったのだろう。

「大人にはフリータイムが必要だ。俺は一服してくる」

橋爪より早く柳田が立ち上がった。ここは全館禁煙になっている。元が小学校だからというよりも、宿泊施設でもあり、合宿場所に使われることも多く、煙草《たばこ》の臭い残りを気にしてのことのようだ。

柳田は愛煙家ではあるが、ヘビースモーカーではない。それでも二時間煙草なしはきつかったのだろう。既に柳田の姿は会議室から消えていた。

「俺たちはこれを上に持っていっておきます」

阿部が自ら申し出た。他の二人も異論はないらしく、運びやすいように一カ所に集め始めている。

「大人になってまで後輩でいなくてもいいんだぞ」

佑は自分のことは自分でするからと言うのだが、阿部たちは先輩を前にしてしないのは落ち着かないのだと、早々に荷物運びを始めてしまった。

橋爪も風呂に行ってしまい、会議室に残ったのは、また佑と秋吾だけになった。

「任せっぱなしも悪いし、ここのゴミでも片しておくか」

「そうだな」

二人でテーブルの上を片付け始めたときだった。秋吾の携帯電話が着信を知らせるメロディを流し始めた。

「悪い。会社からだ」

着信画面を確認し、秋吾が断りを入れてから席を外した。

どんな用件かわからないし、すぐに終わるかどうかも不明だ。その間、ただ待っていることもないと、佑は一人で片付けを始めた。とはいっても、ゴミを分別しておくくらいのことだから、そう時間はかからない。あっという間に片付けは終わった。

秋吾はまだ戻ってこないが、ここに佑がいなければ、二階にいることはわかるだろう。佑は先に二階へ行っておこうと、会議室を出た。

二階に行くため、階段に向かいかけたが、その奥にあるドアに目が止まる。

「そういえば、体育館の戸締まり……」

雨のために慌ただしく校舎へと駆け込んだから、鍵を閉めたかどうかの記憶はない。佑がかけていないのは確実だ。少しでも雨に濡れないようにと、扉を開けると、すぐさま先頭にたって走り出したからだ。

この大雨の中、こんな山奥にわざわざ誰もやってはこないだろうし、体育館には盗まれて困るようなものは何もない。大丈夫だとは思うのだが、万が一でも忍び込んで汚されたりしたら、借りた自分たちの責任になる。

はっきりしないままでは落ち着かない。佑は確認しておこうと再び雨の中、体育館に向かった。

昼間体育館に行ったときよりも、雨脚はさらに激しくなっていて、走り抜けるたった数秒の間でも、すっかり濡れてしまった。二次会に行く前に、佑も風呂に入って着替えたほうがいいかもしれない。

扉に手をかけると、やはり鍵は開いたままだった。ゆっくりと扉を開き、中へと入る。真っ暗な中、手探りで照明のスイッチを押した。

一瞬にして照らし出されたコートの中には、ボールも転がっている。慌てて帰り支度をしたわけでもないはずだが、雨の中を駆け抜けなければという思いが、忘れ物までさせてしまったのだろうか。

鍵は壁のフックにかかったままだった。昼間鍵を開けた後、なくさないように扉近くのフックにかけておいたのだ。

佑はコートの真ん中まで進み、ボールを手に取る。

ただ持って帰ってやろうと思っただけだった。だが、手にしてしまうと、自然とボールを弾ませていた。

最初はその場に留《とど》まったまま、数度、コートにボールを打ち付ける。それから、歩きながらのドリブルをして、最後はレイアップシュートを決めた。ボールはゴールのリングを綺麗《きれい》にすり抜ける。

落ちてきたボール目がけて軽く駆け寄り、手にした後は、またドリブルをしながら、今度はフリースローラインまで戻った。

胸元でボールを抱え、集中してゴールを見つめる。

さっきのミニゲームでは、フリースローをする場面はなかった。約十年ぶりのフリースローだ。

この十年、練習は全くしていない。それでも体が覚えていた。

佑が放ったボールはまっすぐにゴールへと吸い込まれていく。

「ナイスシュート」

拍手と共に聞こえてきた声に、佑は驚いて顔を向けた。

「さすが、フリースローの鬼。腕は落ちてないな」

「その言い方はやめろ」

佑が嫌な顔をして見せると、秋吾はクスッと笑う。

高校時代、佑のフリースローの成功率は、驚異の八十パーセントだった。試合では佑にフリースローは投げさせるなと、他校から言われていたぐらいだ。その結果、つけられたあだ名がフリースローの鬼だった。実際、鬼のように練習していたから、という理由もあったらしい。

佑は早足で床に転がるボールを取りに行く。その間に、秋吾もコートの中へと進んできて、ボールを持って戻った佑と、中央辺りで合流することになった。

「まだやり足りなかったんだ？」

「そんなつもりはなかったんだけどな」

佑は苦笑いを浮かべつつ答える。

「ここの鍵を閉めに来て、ボールを持ったらつい……」

「わかる気はする。ボールを持ったままってのが落ち着かないんだよな」

秋吾が笑いながら、佑の気持ちを代弁した。

「電話はもういいのか？」

「ここにいる俺には何もできないからさ。後輩の泣き言を少し聞いてやっただけ」

「休みなのに大変だな」

「呼び出された遠野に比べれば、なんてことないよ」

秋吾はその言葉を証明するように、嫌な顔一つせず、穏やかな笑みを浮かべている。こんな人柄だから、電話をかけてきた後輩とやらも、話を聞いてくれるのは秋吾しかいないと思ったのだろう。

「どこにいても頼られる男だな」

「佑に言われるのは、なんか変な気分」

「そうか？　俺は昔から秋吾には助けられてばかりだ」

「いやいや、それは俺の台詞……」

言いかけた言葉を途切れさせ、秋吾は吹き出した。

「お互い褒め合ってるよ。何やってんだか」

「全くだ」

佑も秋吾につられて笑う。

こんなふうに秋吾はいつも佑を笑顔にしてくれた。そんな高校時代を懐かしく思い出す。だから、当時は言えなかった感謝の言葉もすんなりと口にできた。

「正直なところ、俺は言葉がうまくないから、相手を威圧してしまうことがある。後輩たちの相談も、全部、秋吾が受け持ってくれていただろう？」

「俺は中継をしただけなんだけどね」

それは秋吾の謙遜《けんそん》だ。秋吾が後輩から相談を受けた後、すぐにその話を佑に伝え、二人で解決策を話し合ったのは事実だが、それができたのは、秋吾の話しやすい雰囲気があったからだ。相手の気持ちを軽くして、自然と話しやすい雰囲気を作り出す。だから、上下を問わず、誰からも相談を受けやすく、顧問やコーチでさえも、佑ではなく、まずは秋吾に話を持ちかけていた。

「貸して」

秋吾にボールをねだられ、佑は手渡す。受け取った秋吾は、さっきまで佑が立っていたフリースローラインに移動する。

秋吾が深く息を吐いてから、シュートを放った。ボールはバックボードに当たって跳ね返り、リングを通ることはなかった。

「昔も今もフリースローは苦手だな」

秋吾がボールを拾いに行き、その場から佑に投げる。

「お手本をみせてくれよ」

手本ではないが、もう一度投げるのは嫌ではない。佑は移動してから、再びボールを胸の前に構え、ゴールを見つめた。

佑の手からボールが離れる直前、

「どうして、連絡先を教えてくれなかったんだ？」

秋吾の質問が佑の手元をほんの僅か、狂わせた。投げたボールはリングに当たり、外へと跳ね返る。

ボールが床をバウンドしながら転がっていく音が、体育館の中に響き渡る。

「佑がフリースローを外すなんて、珍しいものが見られた」

秋吾が小さく笑いながら、近づいてくる。

「秋吾……」

「新しい電話番号もメールアドレスも、ずっと教えてもらってない」

秋吾の顔はもう笑っていなかった。佑がフリースローを外すのが珍しいのなら、秋吾のこんな険しい顔はもっと珍しい。

「それは携帯が壊れたから……」

「でも、橋爪とは連絡を取ってた」

佑の言い訳を秋吾が正論で遮る。変わった電話番号やメールアドレスを伝えるには、相手の連絡先を知っていなければならない。携帯電話が壊れ、アドレス帳が消えたというのなら、橋爪の連絡先も消えているはずなのだ。

「俺だけじゃなくて、他のみんなも知らないっていうから、高校時代の付き合いを断ちたいのかと思ってた。けど、こうやって同窓会には出てくるし、会ってみたら昔と変わらないし、正直、混乱してるんだ」

そう言った秋吾の顔は、どこか悲しげに見えた。そんな顔を秋吾にさせてしまったことが、佑の胸を痛くする。

「佑は俺たちのことが嫌いだったわけじゃないんだよな?」

近い距離で顔を覗き込まれ、そんなあり得ないことを尋ねられる。もういっそ、何もかもぶちまけてしまいたい衝動に駆られる。そうすれば、秋吾に嘘を吐かなくても済む。けれど、その代わり、秋吾とは高校のときのような関係ではいられなくなるだろう。

「俺は……」

踏ん切りがつかないまま、それでも佑は口を開いた。何か言わなければ、ますます秋吾を傷つける。

秋吾が佑の言葉の続きを待っている。佑は言葉を探している。沈黙が二人の間に訪れ、雨音だけが響き渡る。

けれど、それは長くは続かなかった。

「こんなところにいたのか」

コートの真ん中で向かい合う二人に、呆れたような声がかけられた。顔を向けると、風呂上がりらしく、濡れ髪の橋爪が立っていた。

「昼間にあんだけやっても、まだやりたりないのかよ」

「戸締まりに来ただけだったんだけどな」

佑はホッとしつつ、苦笑いで答えた。

橋爪が救いの神に見えた。二人きりだったから、秋吾も今のような話を切り出してきたのだ。橋爪がいる間はもう追及はされないだろう。

「京都に帰ったら、バスケのチームに入ったらどうだ?」

橋爪が京都に帰ると言った瞬間、秋吾の目が一瞬険しくなったような気がする。佑はそれを見なかったふりで、橋爪との会話を続けた。

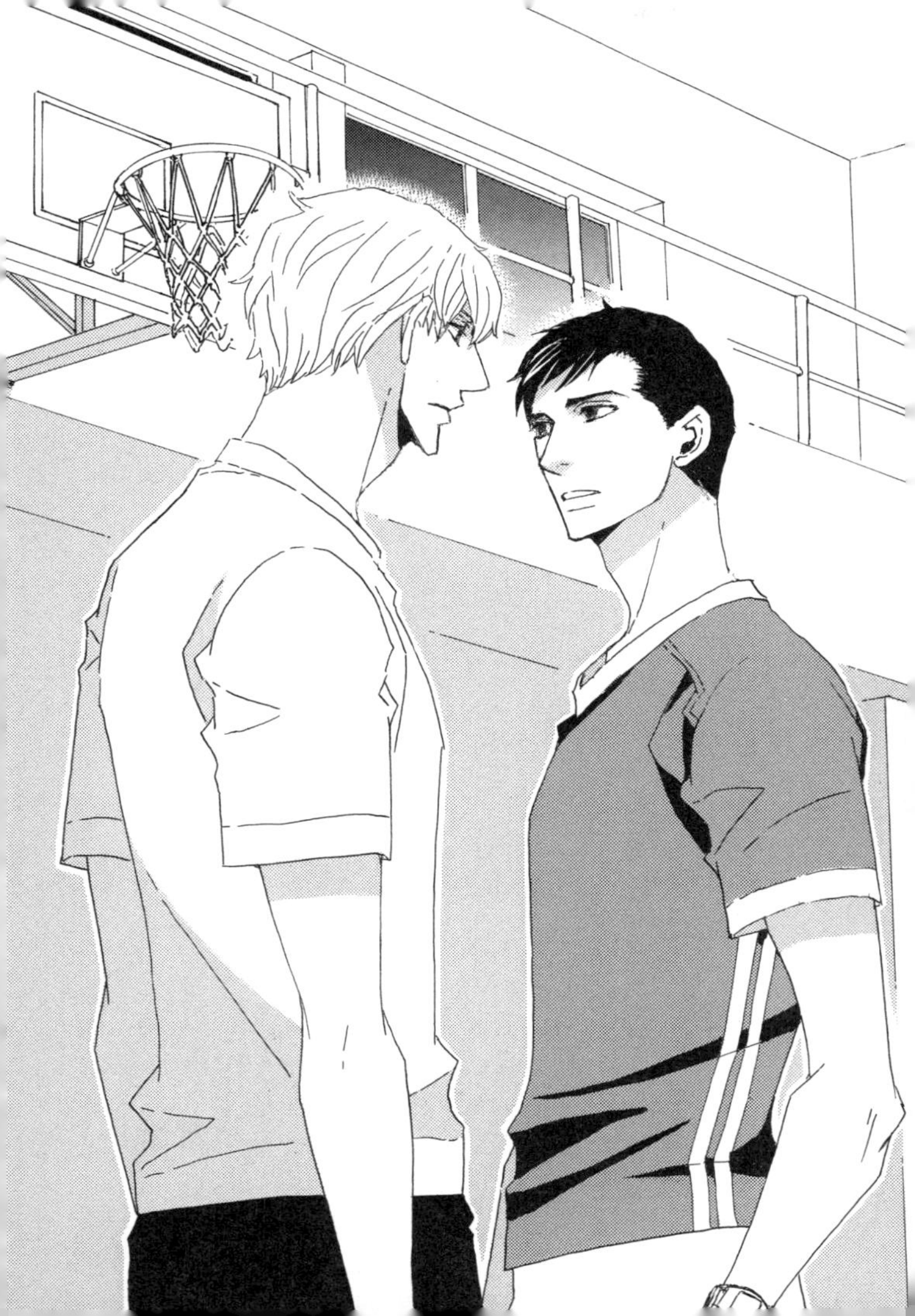

「そこまではな。マメに練習をする時間もないし」

バスケットは好きだし、今日もプレイをして、やはり楽しいとは思った。だが、それはこのメンバーだったからだ。今更、知らない人間に気を遣いながらするのは、正直、面倒だと思う気持ちが強かった。

「体が鈍ってるって言ってたろ?」

「最近はたまにバス停を手前で降りて歩いたりしてる。時間のあるときだけだが」

「地味な体力作りだな」

そう言って橋爪が笑った。

「二人はよく会ってるのか?」

それまで黙っていた秋吾が口を挟んできた。

「よくってほどじゃない。月一くらいだ。京都にいるのは俺たちだけだし、まあ、近況報告も兼ねての飲み会かな」

秋吾の質問に橋爪が答える。橋爪は深く考えず、事実を告げただけだ。だが、その答えに、秋吾が一瞬、寂しそうな表情を見せたことに、佑は気付いてしまった。

「わざわざ呼びに来てくれたのか?」

話題を変えようと、佑が橋爪に尋ねる。

「ああ、そうだった。二階で後輩連中と飲み始めてたんだけど、いつまで経っても、お前らが来ないからさ」

「すまん。すぐ行く」

佑は素直に謝った。この少人数では全員揃わないと、宴会も始まらないのだろう。二次会までそれぞれ自由に過ごそうとは言ったものの、何時からと具体的に時間を決めていなかったから、待ちきれなかったのかもしれない。

「で、ヤナは?」

橋爪が今更だが周囲を見回して問いかけてきた。

「なんだ、ヤナもいないのか?」

「そうなんだよ。俺と後輩三人だけしかいなくてさ。お前らと一緒にいるのかと思ったんだけど……」

「いや、煙草を吸いに行くと言って出て行ってから、一度もヤナを見ていない」

佑がそう答えると、

「俺も見てないな」

秋吾も同じような意見を続けた。

「とりあえず、上に行くか。もう戻ってるかもしれない」

佑が言って、一度、三人で二階の教室に行くことにした。今度はちゃんと体育館の戸締まりをして、ボールは秋吾が持った。

また来たとき同様、渡り廊下を駆け抜け、濡れたままで二階に上がった。荷物の中のタオルを取り出すまでの我慢だ。

「遅いですよ、先輩たち」

教室の扉を開けると、館林から抗議の声が上がる。

「あれ？　ヤナ先輩は？」

佑たちが三人しかいないことに、阿部が不思議そうに尋ねる。

「まだ来ていないか」

橋爪が溜息交じりに言った。また探しに行かなければならないのかと、多少うんざりしているようだ。

「ヅメ、今はどこを探してたんだ？」

「とりあえず、校舎の中にいなかったから、体育館に行って、お前らと会った」

佑の問いかけに、橋爪は佑たちと会うまでの経緯《いきさつ》を説明した。

「ヤナはどこで煙草を吸ってたんだろう」

「玄関の軒先じゃないか？　渡り廊下も屋根はあるけど、横殴りの雨で落ち着いて煙草も吸えないし」

今度は秋吾が答えた。

「そこは真っ先に見た。いなかったけどな」

橋爪が首を横に振った。

煙草を吸うだけなら、ほんの数分で終わる。柳田が煙草を吸いに行くと言ってから、もう三十分近くは経っているのだ。いくらなんでも時間がかかりすぎる。

「ってことは、残るのは離れか」

ここからは見えないものの、橋爪は離れの方角に顔を向ける。

「風呂に入るなんて言ってたか？」

「聞いてないけど、煙草吸ってて濡れたんじゃないのか？」

佑と橋爪の会話を聞いて、阿部が立ち上がる。窓に近づくと顔を押しつけるようにして外を見た。離れは校舎と横並びではなく、少し前に出たくらいに位置しているから、阿部のようにすれば見えるのだ。

「離れの電気、点《つ》いてます」

阿部がそう報告する。外が真っ暗だから遠目でもわかったようだ。

「なんだよ、風呂かよ」

自分は真っ先に入っておきながら、橋爪は柳田が風呂にいる可能性を考えていなかったらしい。ぼやくように言った。

「ヤナ先輩の荷物……」

眉村がぼそっと呟き、それを受けて後輩たちが、柳田が荷物置き場にしている机の周りに集まった。

柳田はおおざっぱな性格で、荷物はさっき着替えをしたときから出しっぱなしだ。そのときにこれは明日の着替えだとか、こっちはパジャマ代わりだとか言いながら、机の上に広げていたことを眉村が聞いていた。

「パジャマ代わりって言ってた袋がありません」

阿部が佑たちに報告する。

「やっぱり風呂か」

行き先がわかれば安心する。佑だけでなく、誰もが安堵《あんど》の笑みを漏らした。

この大雨の中、どこに行くはずもないとはわかっていても、居場所が不明のままでは落ち着かない。

「でも、いつ取りに来たんだろ」

館林が首を傾《かし》げる。

「誰も会ってないのか？」

「俺たちもずっとここにいたわけじゃないんです」

佑の質問に答えた阿部の説明によると、宴会セットを運び込んだ後は、トイレに行ったり、調理室で明日の朝食の準備、といっても何があるかを確認して、すぐに出せるようにしておいたりしたのだという。本当によくできた後輩たちだ。だから、教室を空にしていた時間はそれなりにあったらしい。

「俺はシャワーで済ませたからすぐに出てきたけど、もし、あいつが湯船に浸かるっていうなら、湯を張るところから始めないといけないから、時間はかかるだろうな」

腕時計を見ながらの橋爪の台詞を受け、佑もまた腕時計に目を遣《や》った。午後九時半を過ぎたところだ。

「それにしても……」

佑は首を傾げる。今が寒い季節なら、温まりたいと湯に浸かるのも理解できる。だが、真夏の暑い中、同窓会の最中に、そんな長風呂をするだろうか。

「俺が見てこよう」

佑は自ら申し出た。さっきは自分たちまで橋爪に探させるという手間をかけたのだから、今度は自分の番だ。

「それなら俺も行く」

秋吾もすぐに佑に倣った。

「なら、俺も行くよ。さっきは面倒で離れを飛ばしたからな。横着せずに行ってれば、とっくに全員揃ってたんだ」

妙な責任感から、橋爪もついてくることになり、再び後輩たちを待たせ、風呂場のある離れへと向かった。

「あ、鍵を確かめればよかったのか」

階段を降りたところで、橋爪が思い出したように言った。

「鍵はかけてきたのか?」

「ああ。俺以外、誰も入るって言ってなかったし、一応な」

橋爪によると、鍵はまた調理室の鍵束の中に戻したとのことだった。調理室に立ち寄り、鍵を確認すると、やはり、離れの鍵はなかった。これで、柳田が離れにいるのは確実となった。

体育館へは渡り廊下があるが、離れは元々は教員の宿直用の施設のため、校舎の横手にあり、完全な別棟となっている。外見は二階建ての一戸建てだ。その離れへは通用口から出るのがもっとも近い。

通用口の扉の前に、来たときには気付かなかったが、傘が立てかけてあるのが見えた。さっき橋爪も風呂に行くときに使ったのだろう。二本あるうちの一本はびしょ濡れになっている。

「元は三本あったから、ヤナが使ってるんだな」

橋爪も傘を見ながら言った。

「しかし、こんな雨の中、よく風呂に行く気になったな」

佑は半ば感心して言った。

外はもはや土砂降りとしか言えないような雨になっている。せっかく風呂に入っても、短い距離とはいえ、戻ってくる間にびしょ濡れになるのではないか。現に傘の下には水たまりができていた。

「俺もすぐに後悔した。せっかく風呂に入って綺麗になっても、帰りで足は泥まみれだ。結局、そこの水道で洗い直したんだよ」

橋爪が廊下の手洗い場を振り返る。よく見ると廊下には濡れた足跡が残っていた。さすがに橋爪も泥まみれで廊下を歩くのは申し訳ないと思ったのか、泥の跡は扉の前だけにしかない。おそらく手洗い場までは靴を脱いで移動したのだろう。

「相合い傘で行く雨じゃないな。風呂上がりのヅメはここで待っててくれればいいよ。俺と佑で呼んでくるから」

「そうだな。また洗い直すのは面倒だろ？」

佑も秋吾に同意すると、橋爪も反論はしなかった。

「よし、行くか」

佑は覚悟を決めて、通用口の扉を開けた。いきなり雨が吹き付けてくる。傘を差すだけ無駄のような雨脚に怯《ひる》みそうになるが、傘を差して、離れまで一気に駆け抜けた。ほとんど前は見えていないが、直進すれば離れには行き当たる。

橋爪の言ったとおり、ぬかるんだ地面が足下を泥まみれにする。ほんの二十メートルほど走っただけで、全身はずぶ濡れになった。

鍵のかかっていない離れの引き戸を開け、佑は中に飛び込む。すぐに秋吾も続いて入ってきた。

「ひどいな。まさかここまでの雨になるとは思わなかった」

「明日には止《や》んでいるといいが……」

ここまでの道のりを思い返し、佑は心配する。この数日、雨が続いていた。バスで揺られてきた道は、昔ながらの山道だ。地盤が緩んでいたりしないだろうか。

「やっぱり、ヤナの靴が置いてある」

秋吾が足下を見て言った。今時珍しい土間のような玄関には、脱ぎ捨てられ、左右が違う方向を向いたスニーカーがある。確かにこれは柳田が履いていた靴だ。

このまま上がると畳を汚してしまいそうで、佑はこの場から呼びかけてみた。

「ヤナ」

雨音で聞こえないだろうと、かなり声量を上げてみたのだが、浴室内にいるはずの柳田からの返答はない。

この離れには、一階に四畳半の和室と小さな台所があって、その奥に風呂がある。その風呂も何人かで同時に入れるようにか、四畳ほどの広さはあったのを覚えている。

「仕方ない。俺が行ってくるから、秋吾はここで待っててくれ」

佑はそう言って、濡れた靴と靴下をその場で脱いだ。靴下まで脱げば、泥汚れを畳につけることだけは防げる。それに汚すのも一人で充分だ。

大股で奥の風呂場まで行き、外からもう一度、声をかけた。

「ヤナ、開けるぞ」

数秒だけ返事を待ってから、佑は脱衣所に続くドアを開けた。風呂場も明かりが点いていて、脱衣所の床にあるカゴには、柳田が着ていた服が残されている。

「ヤナ、まだ出ないのか？」

さすがにガラス扉一枚隔てただけだ。佑の声は聞こえているはずなのに、何の応答もない。もしかしたら、昼間のバスケットで疲れたところに酒を飲み、湯船に浸かったままで寝てしまったのだろうか。その可能性が頭に浮かんだ瞬間、遠慮はなくなった。佑は勢いよく浴室のドアを開けた。

「ヤナっ……」

思わず叫び声が溢《あふ》れ出た。それほど衝撃的な光景が目の前に広がっている。

「佑、どうした？」

佑が滅多に出さない叫び声を上げたことに驚いたのか、秋吾が駆け寄ってきた。

「柳田が……」

佑は視線を前に向けたまま、言葉を途切れさせた。

浴室内にいた柳田は、流れ出るシャワーの湯を浴びながら、床のタイルの上に俯《うつぶ》せて倒れていた。その頭から溢れ出した血が、流れる湯を赤く染める。一目で柳田が息絶えているのがわかった。その傍らにはレンガが落ちていた。物を置く台がないからと、レンガに板を渡して台代わりにしていたのだ。その脚の部分に使われていたレンガだ。

佑たちの仲間だった柳田は、何者かに後頭部を石で殴られ、命を落とした。その事実が佑と秋吾から言葉を奪った。

4

二次会は思いもよらぬ理由で中止になった。

柳田の遺体を発見した後、佑は持っていた携帯電話で橋爪に知らせた。まずは警察に電話すべきだったのだが、やはり冷静ではなかったのだろう。佑も秋吾も仲間に知らせることしか思いつかなかった。

そのせいで橋爪が呼び寄せた後輩たちまで離れにやってきて、現場保存という言葉を思い出したときにはもう後の祭りだった。ずぶ濡れで駆けつけてきた全員分の足跡で玄関の土間も、風呂場に続く畳の上もひどい有様になっている。

「どうして柳田先輩が……」

柳田の姿を一目見て顔を背けた館林が声を震わせて呟く。

「本当に死んでるんですか？」

阿部が佑に尋ねる。

「俺が脈を取って確認した」

佑が答え、隣で秋吾も頷く。橋爪に電話をした後、我に返り、脈を調べたのだ。一目瞭《いちもくりょう》然《ぜん》の状態ではあったが、万が一にもという思いだった。けれど、脈は全く触れず、その間も今も、柳田はぴくりとも動いていない。

「そうか、警察に連絡しないと」

ようやく佑にも冷静さが戻ってきた。改めて携帯電話を取り出す。

「救急車は?」

橋爪の問いかけに、佑は首を横に振る。

「柳田はもう息をしていない。それに素人《しろうと》の俺が見てもわかる。これは殺人事件だ」

佑の言葉に、全員が息を飲む。およそ日常では聞くことのない、殺人という言葉が、緊張と恐怖をもたらした。

「柳田の後頭部に傷がある。足を滑らせて頭を打った事故なら、仰向《あおむ》けになっているはずだ。俯せということは、シャワーを浴びているところを後ろから殴られたんだろう」

佑は自分の考えを口にした。

湯船に湯は張られていなかった。柳田も橋爪と同様、シャワーだけで済ますつもりだったようだ。自分はシャワーを浴びていて、しかも、外は人の話し声が聞き取りづらいほどの雨が降っている。古い建物だから外部の音が遮断できていない。こっそりと近づいてこられては殴られるまで気付けなくても無理はなかった。

もう警察に連絡することに異論を唱えるものはおらず、佑は携帯電話で生まれて初めて一一〇番に通報した。

『事件ですか、事故ですか』

電話の相手は落ち着いた声で問いかけてくる。

「事件です。友人が死んでいるのを発見しました……」

佑はさらに発見時の様子と、今いる場所を伝えた。

『すぐに警察官を向かわせますが、そこに到着するまでには少し時間がかかります。現場はできるだけ手を触れないようにしておいてください』

「わかりました。よろしくお願いします」

電話を終えた佑は自分の周囲を見回す。

「これはまずかったな」

佑は小さく呟く。柳田の遺体には脈を取った佑しか触れていないが、風呂場以外は足跡だらけになっている。

「この状況じゃ、現場保存なんて無理だよ」

秋吾が慰めるように、佑の肩に手を置く。

友人を失ったことへの喪失感はまだなかった。この目で見ているのに、現実感がなさすぎて、実感がわかない。夢を見ているような気分だった。

「このまま……」

眉村が遠慮がちに声を上げる。普段は館林たちの陰に隠れるほどおとなしい眉村も、こんな状況では口を出さずにはいられなかったようだ。

「警察が来るまで、このままここで待ってるんですか？」

「なんだ？」

眉村の声は震えていた。遺体のそばにいるのが怖いのかもしれない。しかも、殺されたとわかる遺体なら、その思いはさらに強くて当然だ。

「そういうわけにはいかないだろ。警察がいつ来るかわからないんだし、これ以上ここを荒らさないよう校舎に戻っていたほうがいいと思うけどな」

橋爪の言うことはもっともだった。ここは何もない山奥だ。一番近くの交番でも山を下りなければならない。そうなると警察の到着には、早くても一時間はかかることになる。ずっとここでこうして立っているわけにはいかないだろう。

「そうだな。みんなは戻っていてくれ。俺はここに残って警察を……」

「だめだ」

佑の言葉を秋吾が強い口調で遮った。

「犯人がまだこの辺りにいるかもしれないんだぞ。佑を一人にさせられるわけないだろ」

秋吾に指摘されるまで、佑は犯人の存在を忘れていた。柳田が殺されたのだとはわかっても、殺した人間がいることに思い当たらない。それだけ殺人は佑たち一般人にとって縁遠い話なのだ。

そう感じていたのは佑だけではなかった。柳田の遺体を発見してから、初めて犯人という言葉を耳にして、急に事件が現実味を帯びたのだろう。仲間たちの間に動揺が広がる。自分たちも次の被害者になるのではないかという恐怖が身近になったとでもいうのだろうか。後輩たちの表情には怯《おび》えが見えた。ただ秋吾や橋爪は後輩たち以上に柳田が身近な存在だったから、恐怖よりも悲しみのほうが強く感じられた。

「もう意味はないかもしれないが、鍵を閉めていこう」

橋爪が提案し、秋吾が小さな座卓の上に置いてあった鍵を持ち上げた。

先に後輩たちを校舎に戻らせ、念のため、秋吾と二人で二階に誰もいないことを確認してから、秋吾が鍵をかけるのをまって、佑たちは三人で駆け戻った。もう傘など意味はないほどの土砂降りだし、後輩たちは傘なしで離れまでやってきていたから、佑たちも傘は手にするだけで差さずに戻った。

「先に着替えよう。もう汚れるのがどうとか言ってられない」

佑は全員に聞こえるように言った。警察が到着するまでには時間があるし、こんなに濡れたままでは体調を崩しかねない。それに、犯人がまだ近くに潜んでいるかもしれないのだから、全員で行動するべきだろう。

佑の指示に従って、皆で二階の教室に戻った。その間、誰も何も言わない。言うべき言葉が見つからないといったふうだった。

教室に入り、各自が自分の荷物の中から持参したタオルで体を拭き、着替えを始める。どうせもう誰も風呂には入れないのだ。

「秋吾」

沈黙を打ち破ったのは、佑だった。

「校舎内の戸締まりの確認と、誰か潜んでいないかを確認して回りたいんだが、付き合ってくれるか？」

一人になるなと言われた忠告を守って、佑は秋吾に付き添いを頼んだ。

柳田を殺した犯人が校舎内に留まっているとは考えたくないが、念には念を入れて確認しておきたい。それに誰もいないことがわかれば、皆も少しは落ち着くはずだ。

「もちろん、付き合うに決まってるだろ」

秋吾は迷わず即答した。

「佑先輩、俺たちも行きます」

相談もしていないのに、館林が後輩の意見を代表するように言った。そして、言った後でそのほうがいいよなと言うように、阿部と眉村の顔を交互に見た。

「待ってるほうが不安です。付き合わせてください」

阿部も同意の声を上げ、眉村は無言で小さく頷いた。後輩たちの脳裏にはさっき柳田を探しに行ったときのことが蘇っているのかもしれない。待っていた後輩たちにもたらされたのは、柳田の凶報だ。待つことに不安を感じても無理はなかった。

「よし、全員で行こう」

佑の言葉で全員が廊下へと向かった。

全員で二階の各教室から見て回ることにした。万が一を考え、教室の扉は開けたままで、廊下を見張るものと中を調べるものに分かれた。全員が教室内に入ってしまうと、その間に潜んでいる何者かが他の教室へと移動したり、もしくは階下へと降りて行っても気づけないからだ。

「二階には誰もいませんでしたね」

校舎の半分が安全だとわかったからか、館林の声にはどこかほっとしたような響きが感じられた。

「次は一階だ」

佑の合図で、また全員で移動する。打ち合わせをしなくても、先頭を佑、最後尾に秋吾というのいつもの並び順になっていた。

階段を降りると、まずは二人一組に分かれて、外へと繋がる各扉の確認から始めた。それぞれ並び順で近かった組み合わせで、佑は橋爪と一緒に一番遠い通用口へ向かい、館林と阿部が正面玄関、眉村と秋吾が体育館へと繋がる扉を受け持った。

「こっちはオーケーだ」

最初に秋吾の声が廊下に響いた。

「正面玄関も鍵がかかってます」

続いて阿部の声が聞こえる。

最後は佑たちだった。通用口はさっき鍵をかけたのだが、佑たちが二階に上がっている間に、誰かが開けた可能性を考慮したのだ。佑がノブに手をかけてみると、どちらにも回らず、鍵がかかっていることが確認された。

「こっちも鍵がかかってる」

橋爪が声を上げる。

これで外へと繋がる扉は全て鍵がかかっていることが確認された。後は一階の各部屋を見て回るだけだ。

階段下で待つ皆の元へと向かう途中、

「佑がいてくれてよかったよ」

隣を歩いていた橋爪がポツリと呟いた。

「佑がいなかったら、パニックになって、奴ら、帰るって言い出してたかもしれないぞ」

「まさか、そんなことはないだろう。この雨だし」

「いや、パニックを起こしたら、人間、何をするかわからない。そういうときに、佑みたいに落ち着いてる奴がいると、安心するんだ」

橋爪から褒められ、佑は苦笑する。

「俺も落ち着いてるわけじゃない。実感がないだけだ」

「それはわかる。俺もまだ、そこにヤナがいる気がする」

橋爪の視線の先には、待っている他の四人がいる。本来なら、あの中に柳田がいるはずなのだ。

佑の脳裏に、さっきの柳田の姿が蘇る。現実なのだと認めたくなくても、そこに柳田がいないことが、事実だと嫌でも教えていた。

佑は沈む気持ちを奮い立たせ、表情を引き締める。ここで佑が悲しげな顔をすれば、周りにも伝染する。

「よし、会議室から見ていこう」

皆と合流した佑は、そう言って斜め前の部屋、一次会で飲み食いした会議室に向かった。

扉を開けると、佑が片付けをした状態から何も変わっていないのが一目でわかる。この部屋には隠れられるような場所もないから、窓の鍵がかかっているかだけ確かめて、すぐに次の職員室に移動した。

そうやって、順に各部屋を見て回ったが、結局、誰も隠れていないことがわかっただけだった。

最後に辿り着いた調理室で、

「何か飲み物を持って行かないか？　お茶とか水とかのペットボトルもあるぞ」

そう言いながら、橋爪が冷蔵庫に近づいていく。

「すぐに飲まないものは冷蔵庫に入れておいたんだよ」

緊張からか、橋爪はよほど喉が渇いていたらしく、冷蔵庫を開けると、中からコーヒーのペットボトルを取り出して、すぐに口をつけた。

「そうだな。みんなそれぞれ飲み物を持って行こう」

佑が同意すると、各自が冷蔵庫に近づき、中から好きなペットボトルを取り出す。佑には秋吾が取ってくれた。佑が高校時代からずっと愛飲しているスポーツドリンクだ。

「遠野も覚えていてくれたんだな」

よく馴染んだボトルのラベルに、佑は口元を緩める。他社のメーカーとは少し味が違うからと、常にこの同じメーカーのものを飲んでいたのだ。準備をした遠野は、それをまだ覚えていて、買い置いてくれたのだろう。

「俺たちの代なら誰でも覚えてるよ」

秋吾が当時を懐かしむようにして、小さな笑みを浮かべる。

「俺たちだって覚えてます。だって、佑先輩、毎日、それを飲んでましたから」

館林が他の後輩二人に同意を求める。阿部と眉村もそのとおりだと頷いた。

当時を思い出すような状況に、張り詰めていた緊張が少しだけ緩んだ。完全な笑顔とは言わないまでも、皆の表情がほんの少し和らいだ気がする。

だが、その緩和を再び引き締めたのは、警察からの電話だった。通報した際に、佑の携帯電話の番号は警察には知られている。その番号宛に、電話がかかってきたのだ。

「……崖《がけ》崩れ？」

警察から告げられた言葉を、佑は皆に伝えるように声に出して繰り返した。一言で全員の視線が佑に集中する。

警察によると、佑の通報を受け、まずは最寄りの駐在所から警察官がパトカーで向かったのだが、連日の雨による地盤の緩みで、学校に通じる一本しかない山道で崖崩れが起きてしまっていたらしい。道路は完全に土砂で塞がれ、とても通行できる状態ではないのだと言う。土砂を乗り越えて徒歩で向かおうにも夜にこの雨では危険だと、翌朝にならないと動きがとれないとのことだった。

「それじゃ、俺たちはここから出られないということですか？」

『朝になって雨が止んでいれば、すぐに復旧作業に取りかかれるのですが、今はなんとも言えません。天候次第ではヘリを飛ばすこともできますので、無理にその場から動こうとはしないでください』

警察官に忠告をされ、指示があるまでここでの待機を言い渡された。佑は電話を終えてから、聞いたばかりのことを全員に伝える。

「閉じ込められたってことですか？」

眉村が悲愴な顔で言った。

「大げさだな。天候が回復すれば、ヘリで救助に来てくれる。それまでの辛抱だ」

「でも、殺人犯がいるんですよ。殺人犯と一晩一緒に過ごせっていうんですか？」

眉村にしては珍しく自分の意見を主張し食い下がる。それだけ恐怖に支配されているのだろう。

「中には俺たち以外誰もいなかったじゃないか」

だから、安心しろと佑は言いたかったのに、橋爪がそれを打ち消した。

「俺たちの中に犯人がいなければな」

「ヅメ、なんてことを言うんだ」

「だってそうだろ。こんな山奥に通りすがりの誰かなんているか？　逃亡中の殺人犯でも潜んでたっていうのかよ」

語気を荒らげた橋爪の言葉に、ただでさえ緊張していた室内の空気が、さらに張り詰めたものへと変わる。

佑とて、犯人が部外者だと考えるのは無理がありすぎることはわかっていた。この雨の中、身を隠すような場所もないだろうし、風呂に入っているところにわざわざ忍び込むのもおかしな話だ。だが、部外者でなければ、この中の誰かが犯人だということになる。だから、口にできなかったのだ。

「どうして、ヤナは殺されなければならなかったんだろう」

「秋吾まで何を言い出すんだ」

「いや、そこははっきりさせたほうがいいと思う」

「俺も同感だ」

橋爪も秋吾の意見に賛成した。

「ヤナに殺される理由があったんだとしたら、俺たちには関係ないから、安全だってことになる」

「そうですよね」

どこかに救いを求めていたのか、館林がすぐに同意した。

「俺には殺される理由なんてないですから、安心していいですよね」

「無差別殺人の可能性は考えないのか？　もしくは個人的な恨みではなく、当時のバスケ部を恨んでいたとか……」

あまり楽観視するのは危険ではないかと、佑は冷静に指摘する。

「怖いこと言わないでくださいよ」

館林が顔を引きつらせる。

「それはないんじゃないかな」

秋吾がなだめるように館林の肩にポンと手を置く。

「仮に、知らないうちに恨みを買っていたんだとしても、こんな閉じ込められた状況で一人ずつ殺していくのは、犯人にとってリスクが大きすぎる。次はどうしたって警戒されるんだから」

それが今の状況だと秋吾は説明する。この中に犯人がいたとしても、誰かはわからないし、一人になるのも怖いから、こうして全員、一カ所に集まっている。これでは犯人も凶行には及べないというわけだ。

「どっちにしろさ、到底寝られそうもないんだ。みんなで朝までこうして固まってようぜ」

「犯人と一緒に夜を過ごすことになりますけど……」

それでも一人にはなりたくないのか、館林は橋爪の意見に反対しなかった。

「ここに来る前で、一番最近、ヤナと会った奴いるか？」

殺人の動機を突き止めようというのか、橋爪が話を蒸し返す。

「会ってたとしてもこの状況じゃ、誰も何も言えないよ」

秋吾が苦笑いで指摘する。

「それも、そうか」

橋爪の乾いた笑いが室内に響き渡る。

「すまん。今のは犯人を突き止めようとしたんじゃなくて、ヤナに殺されるような理由があるとは思えなくて、何か心当たりがある奴はいないかと思って言ったんだ」

「高校時代はともかく、卒業してからのことはな。ヤナと同じ大学に進んだ奴はいないし、就職先も違う。お互い、東京にいるからって、卒業した年はまだ何回か会ってたけど、その後はさっぱりだった」

学校は違えど、同じ東京の大学に進学した秋吾でさえそうなのだから、後輩たちなら尚更何も知らないだろう。

「そうだ。遠野にも知らせておかないと」

遠野も東京の大学進学組だったから、それで思い出した。佑は手にしたままでいた携帯電話を持ち直す。

「あれから、まだ連絡ないんだろ？」

秋吾に問われ、佑はそのとおりだと頷く。

ここに来てから出した佑のメールに対する遠野からの返信はまだなかった。見ていたら連絡が来るはずだと思いながらも、これは緊急の用件だと電話をかけてみた。

「……出ないな。電源を切ってるようだ」

聞こえてきた耳に馴染みのある女性のアナウンスの声に、佑は電話を切った。

どうにかして、遠野と連絡が取れないものか。仕事で戻ったのなら、まだ会社にいるかもしれないが、あいにくと会社名までは覚えていない。こんなことなら結婚式で会ったときに名刺をもらっておくのだった。

「もしかしたら、自宅に帰ってるかもしれない。念のため、かけてみよう」

秋吾が僅かの可能性を口にした。

「番号は？」

「変わってなければ、繋がるはずだ」

高校を卒業した年の春休み、引っ越し先が決まった後に、三年生全員が新しい住所や電話番号を教え合っていた。そのとき遠野はインターネット回線を繋ぐ必要があるからと、固定電話も契約したと言っていたのを佑も思い出す。秋吾はそのときの連絡先を全て携帯電話に登録していたらしい。

「番号を教えてくれ。俺がかける」

このメンバーでは代表となるのは自分だし、なにより柳田の遺体を最初に発見したのも佑だ。やはり自分の口で、ちゃんと伝えたい。佑はそんな義務感に駆られていた。

秋吾に電話番号を聞きながら、そのまま携帯電話に番号を打っていく。そして、全ての番号を打ち終えてから、携帯電話を耳に押し当てた。

呼び出し音が三回聞こえた後、

『はい？』

年配の男性の声で問いかけられた。数年のブランクはあっても、聞き間違えようがないほど、その声は遠野のもとのは違っていた。

「遠野さんのお宅ではありませんか?」

『そうですが、本人は電話に出られません。そちらは?』

慇懃無礼《いんぎんぶれい》な問いかけだが、相手の言葉の意味が知りたくて、佑は正直に名乗った。そして、携帯が繋がらないため、至急連絡を取りたい旨を伝える。

『残念ながら、遠野さんは昨夜、亡くなりました』

「えっ……」

全く予想していなかった言葉に、佑は息を飲む。

『今日の夕方、訪ねてきた恋人が発見しました。他殺です』

「そんな馬鹿な……」

『驚かれるのは無理もありませんが……』

「そうじゃないんです。今日の午前中、遠野はこっちにいたはずなんです」

佑の驚きは遠野が殺されたことだけでなく、その日付にもあった。

『どういうことですか?』

険しい声で尋ねる相手に、佑はまず確認した。

「警察の方ですか?」

佑がそう思ったのは、柳田のことがあったからだ。そして、予想どおり、電話の相手は刑事だと答えた後、名前の他に所属する所轄署も付け加えた。

刑事だとわかったところで、佑は今日一日の出来事を伝えた。今日は遠野が幹事となって開かれた同窓会の日で、朝から準備をしていてくれたことや仕事で抜けなければならないとメールがあったこと、それからこちらでも同窓生が殺されたことを伝えた。さすがに刑事も一瞬の間ができるほど、驚いていた。

『警察はまだ到着してないいんですね？』

「はい、土砂崩れで道が塞がってて……」

『できるだけ急いでそちらに到着できるよう、千葉県警に連絡します。あなたたちは決して一人にならないようにしてください』

警告する刑事の声は、かなり緊迫したものだった。すぐに駆けつけられない苛立《いらだ》ちも含まれていた気がする。

佑は電話の途中からスピーカー機能を使って、周りに刑事の声を聞かせていた。佑が中継するよりも、直接、刑事の話を聞きたいだろうと考えたのだ。

柳田に続いて遠野、順番としては逆だが、二人も続けて仲間が殺されたとわかり、全員が言葉を失っていた。

「……なんでだよ」

最初に口を開いたのは橋爪だった。

「遠野が同窓会をしようなんて言い出さなければ、二人は殺されなかったのか？」

その疑問には答えられる者は誰もいなかった。同じクラブの同窓生が立て続けに殺されたとなれば、原因は過去に遡《さかのぼ》るとしか考えられない。だが、その原因に少なくとも佑は思い当たる節はなかった。ただ、高校時代、遠野と柳田が部活以外でもよく連《つる》んでいたのは知っていた。

「でも、さっきの刑事さんの話だと、今日、ここに来てたのは、遠野じゃないってことになるんだよね？」

確認するように問いかける秋吾に、佑はそうだと頷く。

昨晩、既に東京で殺されていた遠野が、千葉にやってくること自体が無理だ。つまり佑にメールをしてきたのも遠野ではないということになる。

どうして、遠野が生きていると思わせせなければならなかったのか……。

遠野が死んでいることがわかれば、当然、同窓会は中止になる。犯人にしてみれば、次の殺人を行うために、同窓会が中止になっては困るのだ。遠野になりすまし、事前の準備をしたり、佑にメールを送ったりできたのは、この中の誰かしかいない。犯人はやはりこの中にいた。

「犯人は無差別に殺したわけじゃないんだ……」

独り言のような館林の呟きに橋爪が答える。

「それはそうだろう。この場にいない遠野から手にかけてるんだ」

「だったら、俺は大丈夫ですね。だって、俺はお二人とは部活での先輩後輩以外のつきあいはなかったですから」

館林の言葉は、自分は犯人ではないというアピールか、それとも誰かわからない犯人への訴えなのか。今の状況では、どちらにも受け取れた。

「俺だって、殺される覚えなんてねえよ」

橋爪が吐き捨てるように言った。

先輩後輩という関係だけの館林とは違い、佑たちは同期だ。繋がりも深いし、付き合いも長い。たとえ、身に覚えがなくても、逆恨みまで考慮すれば、絶対に安全だとは言い切れなかった。

「もしかしたら、このメンバーにも何か意味があるのかもしれない」

ふとそんな考えが過《よ》ぎり、皆の意見も聞いてみたくて、佑はそのまま口にした。

「どういう意味?」

先を促すように秋吾から問いかけられ、佑は自分の考えを説明する。

「当時の部員はおよそ十五人だった。だが、同窓会に参加したのは約半分だ。残りのメンバーは本当に都合がつかなかったのか? そもそも同窓会の案内状が届いてなかったんじゃないのか?」

最初から出席率の低さは気になっていた。卒業後は連絡を取り合ってなくても、当時はチームワークもよく、結束力は高かった。そのときのメンバーが集まるとなれば、もっと参加者が多くてもよさそうなものだ。

「俺たちは殺されるために集められたメンバーだとでも言いたいのかよ」

橋爪が怒った口調で詰め寄る。

「そこまでは言わない。だが、何かしらの共通点があるとは考えられないか？」

「待ってくれ」

険悪な空気になりかけた佑と橋爪の間に、秋吾が割って入る。

「案内状を出した遠野が殺されてるんだ。遠野が共犯で仲間割れでもしたっていうんじゃなければ、その仮説は成り立たないんじゃないかな」

「それはそうだが……」

秋吾の言い分もわかる。だが、どうしても来ていない仲間たちのことが気になった。佑は皆の顔を見比べる。

「誰か、当時のメンバーと連絡が取れる奴はいないか？」

案内状が来たかどうかは、電話一本で確認できる。佑の質問の意味は理解できたようだが、付き合いがないのか、誰も声を上げない。しばし、沈黙が訪れた。

「村井《むらい》はどうだ？」

秋吾が上げた村井は、佑たちと同学年だった男だ。

「そうか。あいつは家業を継いだんだったな」

佑もすぐに秋吾の言いたいことを理解した。村井の実家は、地元で村井スポーツというスポーツ用品店を営んでいる。高校を卒業後はそのまま店の手伝いに入り、いずれは家業を継ぐと村井本人が語っていた。当時はバスケ部員たちもよく通っていて、店舗の二階が自宅だというのも知っている。

「ああ。だから、電話番号も変わってない」

秋吾は任せておけとばかりに頷いて見せた。卒業時の部員たちの連絡先は、秋吾の携帯電話のアドレス帳に登録されたままだ。ずっと地元に残っている村井なら、卒業以来、一度も電話をしていなくても、連絡が取れるというわけだ。

「かけてみる」

秋吾がすぐにその場で携帯電話を操作し始めた。佑ももう今度は自分がかけるとは言わず、秋吾を見守る。

「……夜分遅くにすみません。英と申しますが……、村井か？」

どうやら、電話に出た相手は村井だったようだ。全員が秋吾の電話に注目していた。

「いきなりだけど、今日、バスケ部のOB会だったんだけど知ってる？　……初耳？　案内状は？　……届いてない？」

秋吾が驚きで目を見開き、佑を見つめる。

これで佑の仮説が証明されたようなものだ。まだ村井一人にしか確認していないが、地元に残っていて、一番連絡の取りやすい村井に案内状が届かないのはおかしい。意図的に送られなかったと考えるほうが自然だ。

秋吾が電話を終えるのを待ちかねたように、

「村井ってさ、ここでの合宿に参加してなかったよな？」

橋爪が確認を求めるように佑と秋吾を交互に見比べて言った。

「そうだ。合宿前の練習中に捻挫《ねんざ》して……」

「ああ。俺が病院に付き添ったから覚えてる」

橋爪は力強く断言した。

同窓会の案内状は、十二年前のこの廃校での合宿に参加した者にしか送られていないのか。また一つの可能性が浮かんできた。

「そういえば、夏休み明けに途中入部した岡本《おかもと》も来てません」

阿部が思い出したように言った。岡本は阿部たちの同期だ。入部が遅れたのは家庭の事情なだけで、実力があったから、すぐに準レギュラーになった。岡本も忘れられるはずのない存在だ。

「ここに集められたのは、十二年前の合宿に来たメンバーってのが、第一条件か」

橋爪がそう言ったのは、村井と岡本以外は合宿に参加していたからだ。今日来ていない残りのメンバーが呼ばれなかった理由が他にもあるはずだ。もちろん、案内状が来ていても、都合が合わず不参加という部員もいただろうから、条件は絞りづらい。

「その仮定だと、あの合宿中に何かあったってことになるけど……」

「そうなんだ。常に全員を見ていたわけじゃないが、特別に何か変わったことがあった記憶はない」

首を傾げる秋吾に、佑も表情を険しくする。さっき橋爪が先に村井の怪我《けが》を思い出したように、佑はあの頃の記憶が曖昧《あいまい》だった。ちょうど代替わりをして、佑がキャプテンになったばかりで、周囲に目を向ける余裕がなかったのだ。あの合宿もキャプテンとして初めての合宿だったから、練習内容のことしか考えていなかったし、それしか覚えていない。

「俺もそうだ。それに遠野と柳田に共通する出来事だろ？　合宿中のあいつらのことを注意して見てたわけじゃないからな」

橋爪も難しい顔をして、当時を振り返る。

「秋吾はどうだ？」

「二人は俺と同じ部屋だったことは覚えてるけど、それ以外となると……」

記憶を辿っていた秋吾が、急に言葉を途切れさせた。何か思い出したのかと、佑が顔を横に向けると、秋吾の視線は正面にいた眉村に注がれていた。

眉村は真っ青な顔で唇を震わせている。仲間が二人殺されたからというだけではない恐怖を眉村は感じているように見えた。

「眉村、何か知ってるのか？」

眉村を怯えさせないよう、佑はできるだけ穏やかな声で問いかけた。だが、眉村は聞こえていないわけではないのに、言葉の出し方を忘れたように固まっている。

「おい、眉村」

橋爪《はしづめ》が焦れたように声を荒らげた。それでも眉村は答えなかった。その代わりに館林が何か思い出したように声を上げた。

「眉村、お前、遠野さんと仲が良かったんじゃなかったっけ？　部活が休みの日に遊びに行ってたりしたよな？」

「そうなのか？」

知らなかった事実に、佑は驚いて問いかける。

「俺、眉村と同じクラスだったから、話を聞いたことがあるんです。それに、遠野さんが俺たちの教室に眉村を迎えにきたこともありました」

館林が忘れていた記憶を取り戻す。同じクラブの先輩が部活の用事ではなく、後輩の教室に来るのが珍しくて覚えていたのだと付け加えた。

「……仲なんてよくない」

低く振り絞るような声だった。誰の声かわからないほど、それは震えていた。顔面は蒼白《そうはく》なものの、眉村の目は血走っていて、狂気を感じさせる。

「え、だって……」

常にない異常な状態で事実を否定する眉村が、館林を困惑させる。

「ただ中学が同じってだけで、パシリにされてたんだ」

「そうだったのか？」

佑は驚きを隠せなかった。眉村と遠野が部を離れても連んでいたのも知らなかったし、二人の関係性にも気付いてなかったのだ。仲のいい、問題のないチームだと思っていた。キャプテンとしての苦労を感じていなかっただけに、佑は気付けなかったことにショックを隠せない。

「だったら、お前があいつを恨んで……」

橋爪が眉村を追及する。

「違う。俺じゃない。きっとあの人が……」

「あの人？」

眉村の言葉を聞きとがめて、佑が問い返すと、眉村ははっとしたように口を噤《つぐ》んだ。

「何を知ってる？」

「俺は悪くない。俺は関係ない」

早口で捲《まく》し立て、眉村は立ち上がる。そして、辺りを見回すと、調理台の上に無造作に置かれた鍵の束を手に取り、部屋を飛び出した。

「おい、眉村」

呼び止める佑の声にも、眉村は振り返ることはなかった。廊下を走っていく足音が外の激しい雨音にかき消され、すぐに聞こえなくなる。

「部屋の鍵を全部、持って行ったぞ」

橋爪が呆れたように言った。

校舎内には鍵のかかる部屋がいくつかある。合宿で使うにしても、男女合同だった場合、鍵は必要になるからだ。二階の各教室につけられた鍵は明らかに後付けされたとわかるくらいに新しかった。それに元々、鍵のあった部屋もある。校長室や職員室など、一階は会議室以外は鍵があったように記憶している。

眉村がどの部屋を使うつもりなのかはわからないが、今は自分以外誰も信じられなくなっている。だから、部屋に鍵をかけて閉じこもり、警察が来るのを待つつもりなのだろう。それ以外、自分の身を守る手段はない。眉村にはそう考えるだけの、誰かの恨みを買った覚えがあるということだ。

「眉村には恨まれる心当たりがありそうだな」

佑の心境を読んだかのような橋爪の台詞に、佑はすぐには反応できなかった。

殺されるほどの恨みを買う、しかもそれは高校時代に繋がっているとなれば、佑が見ていた過去の彼らはなんだったのか。共に汗を流した時間や、笑い合った瞬間が、幻のように思えてきた。

「佑、どうする？」

「あ、ああ」

また佑の意見が求められている。部屋中の視線が自分に集まっているのを感じずにはいられなかった。

「この中で、他にも恨まれる心当たりのある奴はいるか？」

佑の問いかけに誰も手を上げない。さっきの眉村の態度からすると、恨みの原因となった出来事は、残ったメンバーには関係がなさそうだ。もし、関係していれば、錯乱状態に近い眉村が口を滑らせたはずだ。

「なら、部屋の鍵はなくても問題ないな」

佑の言葉に橋爪だけが頷いた。後輩二人は仲の良かった眉村の豹変《ひょうへん》に対応し切れていないようだ。

「犯人の次のターゲットは眉村だってわかったしな」

「そんな他人事《ひとごと》みたいな言い方はよせよ」

秋吾が橋爪を窘める。

「実際、他人事だろうが。俺は巻き添え食って殺されるなんて御免だからな。むしろ、眉村が俺たちから離れてくれてほっとしたくらいだ」

「ヅメ……」

さっきまでは仲間だった眉村に対しての冷たすぎる橋爪の態度に、秋吾は言葉を詰まらせる。だが、それが正直な気持ちなのだろう。

「お前らもそう思うか？」

佑は後輩二人に優しく問いかける。橋爪が冷たく言い放ったのは、残された後輩たちの代弁のつもりだったのかもしれない。十年経った今でも後輩としてあろうとする館林や阿部には、佑に反論することはできないと考えたのだ。ストレートに気遣いを見せる秋吾とは違い、照れもあるのか、橋爪の優しさはわかりづらい。佑は長い付き合いだから、それを知っていた。

「俺も……殺されたくないです」

「誰だってそうだ」

申し訳なさそうに口を開いた館林に、佑は当たり前だと頷いてみせる。

「眉村のことは俺に任せてくれ。警察が到着すれば、放っておいても出てくるだろうが、何があったのか、俺は知っておきたい」

だから、眉村を探して話を聞きに行くのだと、皆に説明する。元キャプテンとしての責任ではなく、自分の信じていた過去を幻にしないためにだ。

「俺も行く。一人で行くのは危険だからな」

さっきと同じような台詞を口にして、秋吾が同行を申し出た。

次の被害者候補は眉村だとしても、犯人の見当はまるでついていない状態だ。仲間を疑いたくはないが、外部犯の可能性がほぼ考えられない状況では、佑と眉村を除いた残る四人の中に犯人がいることになる。

秋吾、橋爪、館林、阿部。誰も犯人だとは思えないし、疑いたくもなかった。

「俺と秋吾で眉村を探す。ヅメにそっちは任せていいか？」

「ああ。俺たちは上に戻ってる。荷物を置いたままだからな。三人いれば安心だろ？」

橋爪に同意を求められ、後輩たちは戸惑いながらも頷いた。

「それじゃ、頼んだ。秋吾、行こうか」

佑は秋吾を促し、廊下へ出た。一階から順番に見て回ろうと、まずは隣の保健室の扉に手をかける。眉村が閉じこもっていれば、鍵がかかっているはずだが、扉はすんなりと横に動いた。

「また同じことをしているな」

佑は自嘲《じちょう》気味に笑って言った。

およそ一時間ほど前にも、こうして各部屋を見て回った。そのときは犯人が潜んでいないかだったのに、今度は次の被害者候補を探している。それが妙に滑稽だった。

こうして何度も校舎内を移動してわかるのは、学校にしては小さいし狭いことだ。校舎中見て回っても五分で終わる。雨さえ降っていなければ、足音で誰がどこに行ったのかもわかったのではないだろうか。

「この雨は犯人にとって恵みの雨だったのか……？」

「佑？」

思わず呟いた言葉は、秋吾にも届いた。

「こんなに雨がひどくなるなんて、俺たちは誰も予想してなかった。犯人だってそうなんじゃないか？」

「それはそうだろうな」

秋吾の同意を受け、佑はさらに話を続ける。もちろん、その間も眉村の捜索は続けていて、職員室にもいないことは確認できた。

「この閉じ込められた状況は、犯人が連続して殺人を犯すつもりなら好都合だ。俺たちは逃げられないんだからな。だが、ここまでの大雨になると話は違ってくる。犯人が立てた計画にきっと支障を来《きた》したはずだ」

職員室の中で足を止め、頭を整理するために、佑は思いついたことを秋吾に話して聞かせる。

「たとえば、俺たちはここに来てから常に誰かと一緒にいて、一人きりになる時間はほとんどなかった。それは雨のせいもあったとは考えられないか？」

「確かに、それはあるかもしれない。雨のせいで、行動範囲がこの校舎内に限られたからな。ちょっと夜風に当たりに行くなんてこともできなかった」

「犯人が最初から柳田を殺すつもりだったのだとしても、あいつがいつ一人になるのかなんて、誰にもわからなかった。実際、あいつが一人きりになったのは、煙草を吸いに行くと言ってから、風呂場で発見するまでの一時間程度のことなんだ」

柳田を探しに行く前に、それぞれの証言から得た情報を合わせると、そういうことになる。空白の一時間、その間、誰もが一人になった時間はあった。

「犯人が柳田を風呂に行かせたってこと？」

「おそらくそうだと思う。そうしなければ、柳田を手にかけることはできなかった。それができたのは誰なのか……」

佑は顋に手をやり、各自の行動を思い返そうとした。だが、結局は結論の出ないことだった。佑自身が目にしたことではないし、それぞれの証言があるだけだ。本当のところの行動は、犯人にしかわからない。

「犯人を突き止めたい？」

不意に秋吾がそんな質問を投げかけてきた。

「秋吾は知りたくないのか？」

問い返すと、秋吾は寂しげな笑みを浮かべる。

「知るのが怖いんだよ」

「俺だってそうだ。俺たちの中に犯人がいるとは思いたくない。だからこそ、本当のことを知りたいんだ」

何も知らず、何も気付かずにいたら、今までどおりに暮らせるのであれば、それもいいのかもしれない。けれど、気付き始めた以上は自分をごまかすことはできなかった。

「俺がみんなと過ごした二年間はなんだったんだろう」

今日いたメンバーだけでなく、遠野の顔も思い浮かぶ。佑の脳裏に浮かんだのは、皆、今現在ではなく、高校生の頃の姿だ。

「全員の全てを知るのは無理だよ。裏の顔なんて言うと大げさだけど、俺だって人には言えないことの一つや二つはあるし」

「秋吾にも?」

佑は意外さを隠せなかった。

「そりゃ、あるよ。佑は?」

「俺は……」

ごく自然な問いかけだったのに、佑は言葉に詰まった。嘘はずっと吐いている。隠し事もずっと胸に抱えている。時を経ても変わらぬ秋吾への想いだ。

「そうだな。俺にもある」

「だろ？　人間なんてそんなもんだよ」

佑の戸惑いには気付かなかったのか、秋吾はあっさりと引き下がった。

「眉村は多分、隣だろう」

佑の言葉に秋吾も頷く。

職員室の隣は校長室で、さっき眉村が飛び出した調理室からは一番離れている。二階にわざわざ駆け上がったとも考えづらいし、何より、あまり広い部屋も犯人から身を隠したい眉村からすれば、落ち着かないのではないかと考えた。

校長室に移動し、ドアノブに手をかけた。だが、ノブはどちらにも回らない。眉村が逃げ込んだのはここだった。

「眉村、聞こえるか？」

佑は中に向かって呼びかける。

「話すことは何もないって言っただろ」

佑の声だとわかるはずなのに、いつもの敬語が出てこないのは、眉村が冷静さを欠いている証拠だ。

「眉村、俺を信用できないか？」

扉の向こうに佑は話し続ける。

「話す気になったら電話してこい。俺の携帯番号を今からメモに書いてくる。それをドアの隙間に差し入れるから」

メモもペンも何も準備していないから、一度、二階の教室に戻るしかないかと佑がきびすを返すと、秋吾がこっちだというふうに職員室の前で手招きしている。

「ここにペンと紙がある。さっき見つけた」

近づいていった佑に、秋吾はそう言って、さらに中へと引き入れた。

職員室はほぼ当時のままなのか、細かい備品もいくつか残っていた。デスクの上にあるメモ帳とペン立てに立てられた鉛筆は、まさに今必要なものだった。

佑はメモに数字を走り書きし、すぐさま校長室に戻った。ドアの下からメモを差し入れ、それが引き抜かれるのを確認してから、職員室前の廊下で待っていた秋吾の元に早足で戻った。

「電話してくるかな」

「してくると信じたい」

眉村はメモを受け取ったが、電話をかけてくるという確証はなかった。だが、不安なまま一夜を過ごすことに耐えきれなくなり、誰かに助けを求めたくなるのではないか。仮に相談をされたとしても、佑に何ができるわけでもないが、話を聞くことくらいはできる。

「上に行こうか」

促す秋吾に、佑は首を横に振る。

「何かあったとき、すぐに駆けつけられるよう、眉村の近くにいたい」

「じゃ、職員室にいる？」

「付き合ってくれるか？」

「もちろん」

欠片《かけら》も嫌な顔を見せず、秋吾は笑顔で受け入れてくれる。こんな状況なのに、秋吾の笑顔のおかげで、佑は冷静さを保っていられるようなものだ。

「その前にさ、コーヒーでも淹《い》れないか？　長丁場になりそうだろ」

「いいアイデアだ。乗っかろう」

秋吾の提案は、一息入れるには最適だった。これから朝までずっと緊張し通しでは、気持ちがもたない。今の眉村には誰も手出しができないのだから、この間に休憩を入れるのもいいだろう。

二人で調理室に向かって廊下を歩いていると、一番奥にある通用口が見える。離れへはそこから行くのが一番近く、体育館への連絡口からでも中庭を突っ切れば行けるのだが、距離はあるし、それは正面玄関も同様だ。

調理室の前まで行くと、通用口付近が泥まみれになっているのが、はっきりと見て取れる。犯人がこのドアを使って離れへ行ったのだとしても、これでは何の痕跡《こんせき》も残っていないだろう。

　そう思ったとき、佑はふと何かが引っかかった。

「どうした？」

　佑の視線が通用口の扉に注がれているのに気付き、秋吾が問いかけてくる。

「いや、何か見落としているような気がして……」

「鍵なら、さっき確認したけど？」

「いや、そうじゃない」

　自分でも何が気になるのかはっきりとせず、佑は顔を顰める。

「コーヒーを飲んで頭をすっきりさせてから、また考えてみたら？」

　秋吾はいつでも人を優しく気遣う。こんな状況でも落ち着いていて、あんな言動を取った眉村にも責めるような言葉は口にしなかった。秋吾に追い詰めるような言葉を投げかけられたのは、さっきの体育館でのときだけだ。

　調理室に入り、遠野ではなく犯人が買ってきたらしい食料の中に、インスタントコーヒーの小瓶もあった。秋吾がヤカンで湯を沸かし、二つの紙コップにコーヒーを作った。

「人を殺すために、こんな準備をしたんだよな」

　秋吾の呟きは寂しく響く。

　同窓会を楽しみにしながら準備するのであれば、買い物すら楽しかっただろう。だが、遠野になりすました犯人は、人を殺すための準備として、これほどの食材を買い込んだのだ。いったい、どんな気持ちだったのか。

「この買い物から足がつきそうだけど」

暗く沈みそうになる佑を秋吾の声が引き戻す。

「そこは犯人も考えてるだろう。東京のデパートでも買い物してるように、おそらく他のものも近場では購入してないと思う」

範囲が限られているのなら、警察の捜査も進むだろうが、千葉県内からさらに東京まで調べるのはほぼ不可能だ。総菜を買った東京のデパートを調べるにしても、土曜日なら客も多く、店側も客の顔など覚えていられないのではないか。

「それじゃ、鍵の受け取りは？　役場に行かなきゃいけないはずだろ？」

「たった一回、ほんの数分なら、外見を寄せることでごまかせないだろうか」

変装というには大げさだが、同じ年代で背格好が似ていれば、髪型次第では相手を錯覚させることができるかもしれない。佑はそう考えた。

佑は今の遠野の姿を知らない。二年前の結婚式で会ったときには、高校時代とあまり外見は変わっていなかったように記憶しているが、佑や秋吾ではなりすますのは難しい。佑も秋吾も百八十センチを超えていて、印象に残りやすい長身だ。遠野は百七十五センチくらいだから、橋爪、館林、阿部の三人は体型では該当する。極端に特徴のある顔でもないから、マスクをつければ誤魔化《ごまか》せるだろう。

だが、日本の警察は優秀だ。容疑者が眉村を含めても六人として、全員の写真を役場の担当者に見せれば、簡単な変装などばれてしまう恐れがある。

「もしかしたら、犯人は最初から逃げ切るつもりはなかったのかもしれない。目的さえ果たせれば、それで充分だと考えているんじゃないだろうか」

「目的って、柳田と眉村を殺すこと?」

佑はそうだと頷く。

「わざわざこの場所を殺人の現場にしたくらいだ。きっとここが過去の因縁に関係しているんだろう。あの合宿で、いったい、何が起きたのか……」

佑にも心当たりがないように、秋吾もまるでピンと来ていないようだ。首を傾げ、同じように過去を思い出そうとしている。

「あの合宿のときの部屋割り、どんなふうに分けたのか覚えてるか?」

「俺と佑がそれぞれ代表となって、キャプテン部屋、副キャプテン部屋って分けたんだよな。今日、俺たちが荷物を置いた部屋が佑の部屋だった」

その点に関しては、秋吾の記憶は鮮明だ。二階の三つの教室のうち、二つを生徒が、残る一つを監督とコーチが使った。

「遠野と柳田は秋吾の部屋だったよな?」

「そうだけど、眉村は違うよ」

「よく覚えてるな。俺は一年まで覚えてなかった」

「というより、俺の部屋にいた一年のことをよく覚えてるから、眉村はいなかったって思っただけなんだけどね」

秋吾によると、同室の一年は皆練習熱心というか、積極的だったというか、練習後に部屋に帰っても、秋吾は質問や相談をよく受けていて、毎日のようにバスケットの勉強会が行われていたというのだ。

「知らなかったな」

佑は過去の自分を責めたくなった。何もかも秋吾に任せきりで、よくキャプテンだのと偉そうにしていたものだ。

「佑はヅメの居残り練習につきあってたからだろ」

「知ってたのか？」

秋吾はああと頷く。

「一年はそれを見て、自分たちももっと頑張らないと追いつけないって、必死になったんだから。あぁしろこうしろってうるさく言うより、先輩が努力してる姿を見せるのが、一番効果的な指導なのかもな」

「だといいが」

秋吾に励まされているようで、佑は苦笑いする。

「でもさ、話を戻すけど、殺されるような理由がここで起きたのなら、ヤナも眉村も来なかったんじゃないかな」

「過去を忘れてたか、それとも本人たちにはそこまでの大ごとだという認識がなかったかだな」

「こんな山奥の学校で何もできないはずなんだけど。夜中に抜け出したってことも……」

秋吾がそこまで言ったとき、佑の携帯電話が着信音を響かせた。

画面に表示されているのは、知らない番号だ。だが、直感で眉村だと思った。佑が通話ボタンを押すと、すぐに震える声が聞こえてくる。

『先輩、俺です』

「眉村だな?」

問いかけに、眉村は消え入りそうな声で、はいと答えた。

『先輩、一人ですか?』

そう尋ねるからには、一人のほうが眉村にとっては都合がいいのだろう。佑は秋吾に向けて人差し指を口の前に立て、声を出さないように指示してから、眉村にはそうだと答えた。

そして、電話の内容を秋吾にも聞かせるためスピーカー機能をオンにした。

「俺になら話せるんだな?」

『先輩にしか話せません』

そして、話すことで秘密を共有し守ってもらいたいのだという、眉村の切迫した思いが伝わってくる。

「十年前の合宿で何があった？」

『そこまでわかってるんですね』

「そこまでしかわかってないんだよ」

眉村の言葉を真似て返すと、笑ったのではないだろうが、眉村が小さく息を吐いた音が聞こえてきた。

『合宿最終日、遠野先輩とヤナ先輩と俺とで……』

いよいよ事件の核心に触れる。佑は知らず知らず唾《つば》を飲み込んだ。

『西条コーチをレイプしました』

「なっ……」

衝撃の告白に、佑は言葉を詰まらせる。咄嗟に隣の秋吾に目を遣ると、秋吾は呆然《ぼうぜん》とした顔で見えるはずのない眉村を見ているかのように、佑の携帯電話を見つめていた。

佑は必死で当時のことを思い出す。電話がかかってくるまでも、合宿のことを思い出そうとしていたが、最終日にそんなことが起きていたとは全く気付かなかった。

確かに、最終日はいつもより練習が終わるのも早く、ミーティングの代わりに打ち上げが行われ、その後は自由時間になっていたはずだ。そこまでは覚えていても、佑自身、そのとき何をしていたのか、明確に思い出せないのに、部員それぞれの行動まで覚えているはずもなかった。

『コーチが風呂に入ってるから覗きに行こうって、遠野先輩が言い出して、それで無理矢理連れて行かれて、覗きがばれて……』

自分から話をしようと決めて電話をかけてきたはずなのに、眉村の口は重い。話し始めたものの、自分たちの卑劣な行為を口にするのが恥ずかしいのだろうか。

だが、男が男の風呂を覗いただけで、何故、レイプに繋がるのか。佑にはまるで理解できない。自分なら笑い飛ばして終わりになりそうだ。

「それでどうなったんだ?」

『悲鳴を上げられそうになって、慌てて遠野先輩がタオルでコーチの口を塞いだんです。それでも、コーチが暴れるから、遠野先輩が逆上したっていうか、俺たちに手を貸せって言って、それで……』

そう言われた眉村と柳田が二人がかりで西条を押さえつけ、口にはタオルを押し込んで、西条を犯したのだと言う。

「本当なんだな?」

『俺は止めたんです。でも、先輩たちには逆らえなくて……』

「それじゃ、お前はしなかったのか?」

『……っ……』

電話の向こうで眉村が息を飲んだのがわかった。

殺されたのは遠野だけではない。柳田も殺され、眉村もまた殺されるのではないかと怯えるくらいだ。きっと協力しただけではないと思った佑の読みが当たっていたようだ。

山奥に閉じ込められた合宿生活も一週間続くと、ストレスだけでなく、性欲も溜《た》まっていたとしてもおかしくない。しかもまだ十代の血気盛んな頃だ。元々、人気のあった西条の犯される姿を見て、眉村も柳田も自分を抑えられなくなったのだろう。

間違いなく、これが今回の事件の原因だ。遠野、柳田、眉村を結びつける、これ以上のことがあるはずもない。

だが、動機が西条の復讐だとしても、犯人がわからない。西条が潜んでいるとは、到底考えられないから、ここにいる誰かということになるのだが、そこまで西条と深い関係にあった人間がいるのだろうか。

「そんなことをした場所に、よく戻ってこれたな」

つい責めるような口調になってしまった。それでも眉村は電話を切らなかった。縋《すが》る相手がもう佑しかいないからだ。

『忘れてたんです』

「忘れてただと？」

『夢だったんだって思ったんです』

佑の語気の強さに、眉村は早口で弁解する。

『あの後、コーチがいなくなって、誰にも何も言われなくて、遠野先輩もヤナ先輩もいつもどおりで、だから、あれは俺が見た夢なんだって』

「そう思い込みたかっただけだろう」

図星だったのか、眉村は反論しない。

熱に浮かされて及んだ犯行も、熱が冷めれば後悔しかなかっただろう。それまで普通の高校生だった眉村には、男をレイプしたという事実は重すぎた。だから、西条がいなくなったのをいいことに、自分の都合のいいように記憶をすり替えたのだ。

遠野や柳田も同じ気持ちだったのではないだろうか。だから、余計に何もなかったように振る舞い、自分を誤魔化していたのかもしれない。

『佑先輩、助けてください。俺はまだ死にたくない』

黙ってしまった佑に、眉村が必死で訴える。その声に佑は我に返った。

「明日になったら、きっと警察が来てくれる。それまでは鍵をかけて、そこに閉じこもってろ。どうしてもトイレが我慢できなくなったら、俺が付き添ってやるから、また電話してくればいい」

もう誰も殺させないと、佑は力強く言った。

『ありがとうございます。先輩だけしか頼れないんです』

「俺だけは犯人じゃないと思ってるわけか。どうしてだ？」

佑は感じた疑問をぶつける。佑も誰が犯人なのかわからないように、眉村もまたわからないから、佑たちから逃げたはずだ。それなのに、佑には電話をかけてきた。何か、佑には犯人でないと言い切れる理由があるのだろうか。それがわかれば、犯人を割り出す手がかりになる。

『何があっても、先輩だけはそんなことしないって、それだけは確信できます。そこしか、信じられるものがないんです』

根拠は何もない。眉村の勘だけだ。

佑は犯罪とは縁のない人生を送っているが、それは他の仲間たちも同じはずだ。それなのに、眉村は同期の館林や阿部でなく、佑だけを犯人ではあり得ないと信じているようだ。そう思われることを嬉しいとも思わない。ただ、それしか縋るもののない眉村を哀れに思うだけだった。

「なら、俺を信じて、俺以外にはドアを開けるな。わかったな？」

『わかってます。絶対に助けてください。お願いします』

最後まで眉村は佑に懇願して、電話は終わった。

「まさかあの合宿でそんなことが起きてたなんてな」

「だから、コーチは夏休み中に辞めたのか」

やっと謎が解けたというふうに、秋吾が言った。

「……お前、平気なのか？」

佑は秋吾の様子を窺《うかが》いながら問いかける。秋吾も西条のことが好きだったはず。それなのに、とてもショックを受けているようには見えない。それが不思議だった。

「何が？」

秋吾は不思議そうに問い返してから、そうかと、小さく笑った。

「俺がコーチを好きだっていう噂、佑も信じてたんだ？」

「違ったのか？」

そう問い返すことで、佑が噂を信じていたのだと答えたようなものだ。

「校内で一番コーチと話してたのは俺だったってだけだよ。みんな、男子校だからって、毒されすぎだって」

「すまん」

毒されていた一人として、佑は頭を下げる。

「謝られることじゃないし。それに、噂が出てるのを知ってて、否定しなかった俺も悪いんだ──

「どうして、否定しなかったんだ？」

「俺でも、虫除《むしよ》けの役目くらいはできるかなって」

「虫除け？」

秋吾がそうなるということの意味がわからず、佑は問い返す。

「コーチにちょっかいかけてくる奴が結構いたんだよ。小学生が好きな子の気を引きたいから意地悪するような感じのことをされてて、コーチは困ってたんだ。だから、できるだけ近くにいるようにしてた。そうすれば、おかしな奴は寄ってこなかったから」

確かに、校内でも一、二を争う人気者の秋吾が相手では、その小学生並みの生徒たちも引き下がるしかなかっただろう。

「佑まで信じてたくらいだ。俺がコーチの復讐をしていると、眉村には疑われててもおかしくないよな」

「秋吾がいることを言わずにいて、正解だった」

さっき一人かと眉村が確認してきたのは、それまで常に秋吾が佑に付き添っていたことを知っていたからだろう。

「でも、佑は噂を信じてたのに、俺がコーチの復讐のために殺人をしたとは思わなかったのか？」

不思議そうに尋ねられ、佑は答えに困った。さっき、眉村が佑だけは信じられると言ったように、佑も秋吾だけは違うと断言できる。だが、言葉にして説明できるだけの根拠はなかった。

「お前まで疑ったら、俺の高校時代は全部嘘になってしまう」

佑はただそうとしか言えなかった。

この廃校に来てから、ずっと信じてきたものが、次々と崩れていったのだ。先輩後輩関係なく、仲のいいチームだと思っていたら、佑の知らないところでは歪《いびつ》な上下関係が存在していたり、卑劣な行為をしておきながらも何もなかったかのように部活に顔を出す仲間がいたり、青春を捧げた二年半が何も信じられなくなりそうだった。

唯一の救いが秋吾の存在だった。佑が好意を寄せていた秋吾が、そのままの秋吾でいてくれるなら、当時の佑の想いも嘘にならなくて済む。

佑の返事は何の理由にもなっていないのに、秋吾はどこか嬉しそうにはにかんだ笑みを浮かべた。

「けど、眉村の話を全部信じてもいいのかな」

「あんな嘘をつく必要はないだろう」

「いや、もしかしたらコーチをレイプしたのは遠野とヤナだけで、眉村が復讐をしている犯人ってことは……」

「それはあり得ない。眉村が犯人だと仮定すれば、もう復讐は果たしたことになる。あんな目立つ芝居《しばい》をしてどうするんだ？　まだ誰か殺そうとしてるのなら別だがな」

今のところ、西条のことは眉村の証言だけでしか聞いていない。完全な作り話だったとしても、今は確かめる術《すべ》はないのだ。

「もし、さっきの話が嘘なら、次に殺されるのは佑だ。眉村は佑だけに電話をしてきたつもりでいるんだから」

眉村が佑をおびき出すために、あんな電話をしてきたのではないかと、秋吾は疑っているらしい。冗談ではなく、本気で心配しているのがわかる真剣な表情だ。

「大丈夫だ。俺に殺される理由はない」

佑にしては、できるだけ明るい口調になるよう心がけた。世の中には理不尽《りふじん》な理由で殺される人がいるのはわかっている。だが、今はただ秋吾に心配をかけたくない、自分のことで気に病んでほしくないという思いだけだった。

「眉村に呼び出されたら、俺もついて行く」

佑の思いは秋吾に伝わらず、眉村への疑いは消えていなかった。

「それじゃ、あいつが出てこない」

「なら、出てこなければいい」

珍しく強い口調で秋吾が眉村を冷たく突き放す。

西条とのことはただの噂だと言ったが、それは男同士だから佑には正直に言えなかっただけで、本当は想いを寄せていたのではないだろうか。だから、眉村の告白を聞いて冷静さを失っているのかもしれない。

「秋吾、落ち着け」

佑は秋吾の肩に手を置き、まずは宥《なだ》めてから、

「眉村たちに憤《いきどお》る気持ちはわかる。だが、今は堪《こら》えてくれ。俺はこれ以上、誰も死なせたくないんだ」

なんとか秋吾にも理解してほしいと訴えた。

「だからって、お前が傷ついていいわけない」

「いや、俺は何も自分を犠牲にしてまで守るとは言ってないんだが……」

佑は苦笑して、秋吾の言葉を否定する。

「本当に？　いざ、その場になったら、庇《かば》わないって言える？」

「それは……断言できない」

これまでの二十八年間の人生で、命の危機に晒《さら》されたことは一度もなく、また自分か誰かしか助からないというような状況に陥ったこともない。咄嗟に体が動くかどうかもわからない。だが、秋吾にはこれ以上嘘を吐きたくない。だから、その場しのぎで、眉村を見捨てるとは言えなかった。

「佑」

秋吾が一歩足を踏み出し、佑に向けて両手を伸ばしてきた。その手が佑の体に回されても、佑は動けなかった。

「佑は無茶をしそうで怖いんだ」

耳元で響く秋吾の声に、佑はようやく抱きしめられているのだと気付いた。

「俺のそばから離れないでくれ」

「秋吾……」

「佑と会えなくなって、後悔するのはもう嫌なんだよ」

抱きしめられていて顔が見えないために、声だけでしか秋吾の状態を知ることはできないけれど、真剣な声音に切実な思いは伝わってくる。

佑と秋吾が会えなくなったのは、高校を卒業して、佑が京都に行ったからだ。さらに電話番号もメールアドレスも変えて、連絡を取れなくしてしまった。もちろん、住所はそのままだから、秋吾が京都まで来れば会うことはできた。だが、新しい連絡先を教えてこない相手に、会いに行くのはかなりハードルが高い行為だ。

「今日、佑に会ったら、絶対に言おうと決めてたことがあるんだ。そんな状況じゃないのはわかってる……けど……どうし……」

だんだんと声の調子が弱くなり、途切れがちになった言葉は、ついに途絶えた。それだけでなく、秋吾の体が佑にもたれかかってくるようになったのだ。

「秋吾？」

呼びかける佑もまた、自らの異変に気付いていた。こんなに緊張感漂う状況だというのに、あり得ないほどの眠気に襲われる。

同じくらいの体格の秋吾を支えるには、半分眠りに落ちた佑では難しい。倒れないようにするのが精一杯だ。佑は秋吾と抱き合ったまま、その場へと崩れ落ちた。

5

目覚めは窓から差し込む明るい陽の光によってもたらされた。

硬い床で寝ていたせいなのか、体中が痛く、決してすっきりとした目覚めではなかった。

何かだるいような感じを抱えたまま、佑《たすく》は体を起こした。そのそばにはまだ眠り続けている秋吾《しゅうご》がいる。

「秋吾、起きろ」

自らも頭をはっきりさせるために、佑は声を出しながら、秋吾の体を揺さぶった。秋吾のほうが眠りが深かったのか、かなりぼんやりとした様子で目を開けたが、佑に気付くと、一瞬で大きく目を見開いた。

「睡眠薬を使われたんだな」

秋吾が現実を認識するのは早かった。昨夜のあの状態で、二人ほぼ同時に眠気に襲われるなどあり得ない。おそらく、最後に飲んだ、調理室にあったペットボトルのドリンクだ。佑たちが何を飲んでもいいように、冷蔵庫の中のあらゆるペットボトルに仕込んでおいたのだろう。真夏だし、酒を飲んだ後でもあるから、必ず何か飲みたくなるはずだと、犯人は見越していたに違いない。仕込んだのは、柳田を殺した後だと考えていいだろう。

「眉村《まゆむら》は？」

「俺も今起きたところだ。行くぞ」

秋吾とともに佑は職員室を飛び出した。

佑たちが眠らされた理由など、考えるまでもない。眉村を殺すために邪魔だったからだ。おそらく二階にいる三人も同じ状態だろうが、確かめる時間が惜しくて、まっすぐ校長室めがけて走った。

「眉村」

ドアの外から大声で呼びかけながら、取っ手に手をかけた。鍵《かぎ》がかかっているはずなのに、ノブはなんなく回った。

佑と秋吾は思わず顔を見合わせた。昨夜、あれだけ怯《おび》えていたのに、自ら鍵を開けて出て行くとは考えられない。嫌な予感しかしなかった。

万が一にでも、まだ室内に犯人がいる可能性を考慮して、まずはドアを大きく開いた。廊下から中の様子を窺《うかが》うが、人の気配は感じられない。

佑は秋吾に小さく頷《うなず》いて見せてから、室内に足を踏み入れた。

「……っ……」

佑のすぐそばで秋吾が息を飲む音が聞こえる。佑もまた目の前に広がる光景に声が出なかった。

廊下からは応接ソファの背もたれで見えなかった座面に、眉村が仰向《あおむ》けで横たわっていた。

ただ眠っているのではないことは、その胸元に刺さった包丁で明らかだ。包丁の周りは赤い血が滲《にじ》んで広がっている。白いTシャツのせいで、血の赤さは鮮明に映った。

佑は迷わず眉村に近づいた。昨日の柳田《やなぎだ》に続き、連続して仲間の死を目《ま》の当たりにしたせいか、死体に慣れたわけではないが、恐怖はあまり感じなかった。それよりもどうなったのかを確かめたいという気持ちのほうが強かった。

「この包丁、調理室にあったものだな。昨日、使ったばかりだから覚えてる」

佑の背後から秋吾の声がする。秋吾もまた真相を究明したいという思いが強いのか、臆することなく、眉村の遺体に近づいてきた。

昨日の夕食時、出来合のものやレトルトのような簡単なものしか用意しなかったが、袋を開けるときにはハサミが見当たらず、秋吾はそこにあった包丁を使ったのだと言う。

「誰でもが使える凶器というわけか」

佑は溜息《ためいき》を吐《つ》いた。どうやら、凶器から犯人を絞り込むのは無理そうだ。鍵がかかっていたわけでもなく、夕食の準備をして以降、包丁に触れる機会はなかったから、いつなくなったのかもわからない。

「あんなに怯えてたのに、眉村はどうして部屋の鍵を開けたんだろうな」

秋吾が納得がいかないと首を傾《かし》げている。

「眉村が開けたとは限らない」

むしろ、開けるはずがないのだと、佑は答えた。

「なら、犯人が開けたっていうこと？」

「そう考えるほうが自然だ。俺たちがいつの間にか睡眠薬を飲まされていたように、眉村も知らずに飲まされ、眠っていたんじゃないだろうか」

　調理室でおのおのがペットボトルを手にしたとき、眉村も何かを取ったと記憶している。部屋を見回すと、そのときのものらしいペットボトルが転がっていた。中は空だ。

「そういえば、調理室から逃げ出したとき、眉村はこのペットボトルを持ったままだった」

　秋吾が記憶力のいいところを発揮した。

「犯人は眉村が寝た後、どうにかして、自力でこの部屋に入ったんだ。その方法はわからないが……」

「早めにここの鍵を受け取っておけば、合い鍵を作ることはできたかもしれないけど、眉村がどの部屋に飛び込むかはわからないし、そもそも犯人は逃げ込むことまで予想してたのかな」

　秋吾の言うことはもっともだ。眉村の行動は突発的だった。遠野《とおの》が殺害されたという情報が入らなければ、眉村も自分まで殺されるとは考えなかったかもしれない。

「何か、もっと簡単な細工で、外から鍵を開けられるようにしていたんじゃないかと思うんだが……」

佑は独り言のように呟《つぶや》きながら、窓に近づいていく。

外はもうすっかり晴天だった。昨日の嵐が嘘のような青空が広がっている。崖《がけ》崩れがどの程度のものかわからないが、道路が復旧していなくても、この天気ならヘリコプターが飛べるだろう。校庭という着陸に適した場所もある。

「窓に細工の跡でも？」

窓際に立ったままでいる佑に、秋吾が近づきながら問いかける。

「いや、細工をしようにも、あの大雨だ。ここから入ってきたのなら、室内に痕跡《こんせき》が残ってなければおかしい」

だが、部屋のどこにも濡《ぬ》れた痕跡はなかった。いくら天気がよくなったからといって、そんなにすぐには乾かないし、水だけでなく外から侵入したのなら泥汚れもある。それがないとなると、犯人の侵入経路は校舎内からしか考えられない。

廊下側にはドアの他に、磨《す》りガラスの窓がある。ほとんどの部屋には廊下側に窓ガラスがあって、ないのは保健室と音楽室だけだ。そして、その窓には留め金を差し込むだけの簡単な鍵がついていて、今は鍵がかかった状態になっている。

仮に犯人があらかじめ窓の鍵をかけずにいたとしても、あんなに殺されることを恐れていた眉村が確認しないはずがない。

おそらく警察が室内の全ての指紋を調べることになるだろうから、佑たちは下手《へた》に触らないほうがいい。実際に触れて調べてみたいが、間近で見るだけで済ませた。

「犯人は今回だけでなく、もっと以前にもここを訪れてたんじゃないかな。昨日、朝一番に鍵を受け取ったとしても、集合時間までに、最低でも街とここを一往復したことを考えると、同窓会の準備以外のことをする時間があったとは思えないんだ」

「そうか。ここに役場の担当者が顔を出すわけじゃないから、たった一人で借りたとしても、ばれることはないってわけだ」

佑は頷く。だからきっと、警察が到着して、以前の利用者を調べれば、すぐに犯人は判明するのかもしれない。

「そうなると、鍵なんて意味がない。以前にここを借りたときに、全ての合い鍵を作っておくことも可能なんだ」

「犯人は最初からここで柳田と眉村を殺すつもりだったんだな」

「おそらく」

一人だけでなく二人も殺さなければならないから、犯人はここまで入念な準備をしたのだろう。どれだけの時間と手間をかけたのか。殺された三人への犯人の恨みの深さが窺い知れる。

だが、同時に違和感もあった。ここで二人を殺すなら、どうしてもっと早く手にかけなかったのかだ。柳田が殺されたとわかる前なら、眉村に警戒されることもなく、もっと簡単に殺人を実行できたはずだ。いっそ、最初に睡眠薬で全員を眠らせ、その間に二人を殺すことにすれば、こんな手間をかけずにすんだのではないか。どうして、犯人はこんな手のかかる方法を選んだのだろうか。

佑がそう疑問をぶつけると、

「眉村に恐怖を感じさせるため、とか？」

秋吾が思いつく可能性を口にする。

「恐怖を味わわせた後に殺すのは、一番恨みが深い相手だろう。それなら、この場合は遠野になるんじゃないのか？」

眉村の話では、西条をレイプした首謀者は遠野だった。遠野さえいなければ、柳田も眉村もおかしな気を起こさなかった。

「謎が多いな」

その謎の全てが解明されず、秋吾は頭を抱える。

「まだ六時か」

腕時計で時刻を確認してから、佑は思い立って、秋吾を促《うなが》し、部屋を出る。

「みんなを起こしに行くのか？」

「いや、それはまだいい」

信じたくなくても、あの三人の中に犯人がいるのだ。今は疑われないように、自分も睡眠薬を飲み、眠っているに違いない。

「警察が来る前に、もう一度、離れを見ておきたい」

「どうして？」

「こんなに入念な殺人計画を立てた犯人が、何故《なぜ》、大雨の中、離れで柳田を殺したのかを考えてみたいんだ」

最初は利点ばかりが目についた。雨音が犯人の気配を消してしまっただろうし、仮に柳田が気づいたとしても、争う音は雨音にかき消される。それに風呂に入っているなら全裸の無防備な状態だし、一人でいるかどうかも玄関の靴で確認できる。

だが、雨のせいで痕跡が残りやすくなるという欠点は大きい。離れや離れ周辺は、佑たちが荒らしてしまい、犯人の痕跡をわからなくしてしまったが、それは結果論だ。もし、佑が誰も中に入れなければ、もし、崖崩れがなく警察がすぐに到着していれば、犯人はつきとめられていたかもしれないのだ。

「佑は犯人を見つけたいのか？」

離れに向けて歩きながら、秋吾が問いかける。

「犯人が三人の中の誰であったとしても、警察に逮捕される前に、自首させたい。そして、どうして、こんなことをしたのかを自分の口から聞かせてほしいんだ」

橋爪《はしづめ》も館林《たてばやし》も阿部《あべ》も、仲間だ。後輩二人とは卒業以来離れてしまったが、今でも仲間だと思っている。だから、聞いておきたかった。仲間ではなかったのか、仲間だと思っていていいのかを。

通用口に近づくにつれ、廊下の汚れが激しくなる。泥の混じった六人分の足跡が入り交じっていて、その汚れは、通用口の前が一番激しかった。

その光景を見て、昨夜も何か引っかかりを覚えたのだが、今もまた何かが気になる。だが、すぐにはその正体がわからず、先に予定どおり離れへ行くことにした。

校舎から離れへ続く道はぬかるんでいて、昨日の佑たちの足跡ですら残っていなかった。あの雨では仕方のないことだ。

離れの軒も小さなもので、嵐のような雨は玄関前の痕跡をすっかり洗い流してしまっていた。離れの鍵は、眉村が持ち去った鍵の束から外してあったから、ずっと佑が持ったままだった。それを使って鍵を開け、その場から中を覗《のぞ》いた。

ぱっと見た感じでは、昨日と変わった様子はない。昨日、大人数で踏み荒らしてしまったときのままだ。畳がかなり泥で汚れている。

「入っていいのか?」

背後から秋吾が尋ねてきたのは、昨夜、警察から現場保存を言い渡されていたからだ。

「ここまで乱しておいて、今更、現場保存もないだろう。その代わり、風呂場だけは入らないようにする」

それで警察に何か言われても、佑が頭を下げればいいだけだ。三人も仲間を失った佑には、警察からの叱責など気にもならなかった。

離れに入り、居間を通って風呂場に向かう。およそ半日ぶりに柳田の亡骸《なきがら》と対面した。昨夜と同じ、床のタイルの上に全裸で俯《うつぶ》せに横たわっている。せめて何かタオルでもかぶせてやりたいが、やはり遺体には触れないほうがいいだろう。

佑は周囲を見回した。昨日はそこまでの余裕はなかった。

男同士だし、ここにいるのは自分たちだけだ。柳田もわざわざ離れに鍵などかけなかったに違いない。殺されるなど夢にも思っていなかったのだ。何の警戒もしていなかったのだから、侵入するのは容易《たやす》かっただろう。

佑がいるのは風呂場の手前にある脱衣所だ。そこには柳田が脱ぎ捨てた服が乱雑にカゴの中に積み重なっていた。それを見た瞬間、さっきの引っかかりの正体がわかった。

「そういうことか」

佑はそう呟き、急いで外へと飛び出した。そして、急ぎ足で校舎に向かう。

「佑、何がわかったんだ?」

何事かと秋吾も佑を追いかけ、佑の背中に問いかける。

通用口の前に来て、佑はその場で立ち止まってから、秋吾に答えた。

「ヤナが殺された時間、外はひどい雨だった」

「あ、ああ」

急に何を言い出すのだというふうに、秋吾が相槌《あいづち》を打つ。

「傘を差して移動してもずぶ濡れになるほどにだ」

「だから、俺たちは風邪《かぜ》を引かないように着替えを……」

秋吾も気付いたのだろう。途中で言葉を途切れさせた。

離れに行って帰ってきた佑たちは、全員、着替えをしなければならないほどずぶ濡れになった。つまり同じことをした犯人も着替えをしたはずなのだ。柳田を探しに行こうと全員が集まったとき、ずぶ濡れのままの人間はいなかった。

「あのとき、着替えをしていても、髪が濡れていても不自然じゃなかったのは、風呂に入った人間だけだ」

秋吾の言葉に、佑はそのとおりだと頷いた。だが、その表情は苦しげに歪《ゆが》んでいた。

こんなことなら、気付かなければよかった。気付きたくはなかった。

あの時間、既に風呂に入り終えていたのは、橋爪だけだ。そう考えてみれば、一次会の後から柳田がいないと気付くまでの間で、一人でいる時間が長かったのは橋爪だった。それぞれにアリバイのない時間はあっても、離れまで行って柳田を殺害し、着替えを終え、汚れた着替えを隠すことまでできなかったのではないか。あんなに激しい雨さえ降らなければ、誰でも犯行を行える状況にできたのだ。

「なんと言ったかはわからないが、ヅメはヤナを風呂に誘ったんだろう。誰にも言わず、一緒に風呂に行って、その場で殺してしまっても、誰にも気付かれないし、雨の中、離れまで二往復しなくても済む」

「ヤナの着替えを二階から持って行ったのもヅメなのかな」

「そうだろうな。ヤナが煙草《たばこ》を吸っている間に、後輩たちの目を盗んで、自分の着替えに紛れさせて、ヤナの着替えも持ち出したんだ」

それは柳田がいつ風呂に入ったのかをわからなくさせるためだ。橋爪と一緒だと気付かれては計画が台無しになってしまう。

「でも、佑はヅメと一緒に来たんだろう？　事前の準備なんてヅメにできるはずが……」

状況が橋爪しか犯人の可能性がないことを示していても、まだ信じたい気持ちが秋吾にそんなことを言わせた。

だが、佑は頭を振る。

「いや、ヅメとは千葉駅で待ち合わせた。ついでに墓参りもしたいからと、前の日からヅメはこっちに来ていた」

そう言われたときは何の疑問も抱《いだ》かなかった。今にして思えば、遠野を殺害し、代わりに同窓会の準備をするためだったのだろう。橋爪が千葉にいたというのは、本人がそう言っていただけで、確かめる術《すべ》はない。

「昨日さ、ヤナの死体を発見して校内を確認した後、調理室に集まっただろ?」

沈んだ表情のまま、秋吾が思い出したように言った。

「あのとき、真っ先にペットボトルに手を伸ばしたのはヅメだった」

「注射器か何かで中に睡眠薬を仕込んでおいて、自分は入っていないものを選んだのか。何か飲もうと言い出したのはヅメだったな」

次々と橋爪を犯人だと疑わせる状況が集まっていく。一つ一つは見逃せても、全て揃《そろ》うのは犯人以外にあり得ないことだ。

佑は腕時計で時刻を確認する。午前七時を過ぎた。そろそろ警察に動きがあるかもしれない。その前に決着をつけたい。

「みんなを起こそう」

佑は覚悟を決めた。


布団の置かれていた教室で、三人は布団も敷かず畳の上で眠っていた。やはり彼らも睡眠薬で眠っていたようだ。

佑と秋吾でそれぞれ三人に声をかけ、肩を揺さぶり、強引に目を覚まさせた。

「なんだ、二人がかりで……」

橋爪が目をこすり、寝ぼけ眼《まなこ》で不満そうに言った。

この態度だけ見ていると、まるでいつもと変わらない。さっきまでの推理が間違っていたのではないかと思えるほどだ。

「眉村が殺された」

佑の言葉で、寝ぼけていた館林も阿部も一瞬で目が覚めたようだ。ショックを受けたように表情を強《こわ》ばらせた。

「いつ……ですか?」

呆然《ぼうぜん》としたまま、阿部が尋ねてくる。

「夜の間だろうな。俺たちも眠らされていたから、気付かなかった」

「眠らされてたって……、睡眠薬ですか?」

確認を求める阿部に、佑はおそらくと頷く。

「眉村の最後の姿を見ておくか? 警察が到着したら、俺たちはもう眉村とは会えないだろうから」

佑の問いかけに、答える者はいなかった。仲間が殺されている姿をこれ以上、見たくないと思っても無理はない。

「警察にはもう連絡を?」

質問には答えず、橋爪が尋ねてくる。

「いや、まだだ。通報したところで、まだ道が通じていないのなら意味はないからな」

佑の電話番号は警察も知っている。道路が復旧したとか、ヘリコプターを向かわせるでも、何か進展があれば、すぐに連絡してくるだろう。だが、それはまだなかった。携帯電話に着信履歴も残っていないから、眠っている間にも連絡はなかったということだ。

「会います、眉村に……」

阿部が覚悟を決めたのか、重い口を開いた。

「……俺も」

館林も同調する。眉村は二人にとっては同期で、しかもレンタカーで一緒に乗り合わせてくるくらいには、仲がよかったのだ。

「こっちだ」

佑は橋爪の返事は聞かず、阿部と館林を先導するように歩き出す。その後に橋爪が続き、しんがりはまた秋吾がつとめた。

誰も口を開かないまま、一階の端、校長室へと到着した。

「眉村はここに逃げ込んでたのか」

初めて知ったというふうに橋爪が呟く。

もしかしたら、橋爪は犯人ではないのだろうか。佑の考えすぎだったのか。自分を疑いたくなるほど、橋爪の態度は自然だった。

佑はドアを開き、先に中へ入った。ソファに横たわる眉村の姿は、一時間前と何も変わっていない。

「眉村……」

佑のそばまで来て、阿部と館林が立ち尽くす。

「現場保存をしておきたい。ここから別れを済ませてくれ」

「はい」

二人は視線を眉村に注いだまま、力なく答えた。

佑は二人が充分な別れを済ませるまで、何も言わず、ただ見守っていた。二人の表情には仲間を失った悲しみや、助けることのできなかった悔しさも見受けられない。ただただ呆然とした顔で、感情が追いついていないといったところだろう。

「もういいです。ありがとうございました」

時間にすれば、ほんの数分しか経《た》っていない。阿部が佑を振り返りそう告げる。隣で館林も頷いている。

「こんなにいい天気になったんだ。きっと警察は来てくれる。それまで会議室で待機していよう」

佑は全員を促し、会議室に移動した。一階にいれば、警察が来てもすぐに出て行けるし、窓から駐車場もグラウンドも見渡せる。

今回、この学校に来てから初めて、佑は窓を開けた。山の上だということと、まだ朝早いからか、真夏でも入り込んでくる風は少し涼しくて心地よかった。

「あれ？　秋吾は？」

最後を歩いていた秋吾がまだ来ないことに、橋爪が気付いた。

「飲み物を取りに行ってもらってる。食欲はなくても、喉は渇いてるだろ？　それに、水分補給はマメにしておかないと熱中症になるからな」

佑が説明を終えるのを待っていたかのように、秋吾が紙コップと未開封の二リットルのペットボトルを持って戻ってきた。

「それ、大丈夫なんですか？」

阿部が尋ねたのは、また睡眠薬が入っているのではないかという心配からだろう。

「これなら大丈夫。全員で飲むようなものに睡眠薬を仕込んだら、犯人も一緒に飲まなきゃならなくなるだろ？」

秋吾にそう答えられ、阿部は納得したのか、それなら自分がやると言って、紙コップにボトルからお茶を注《そそ》ぎ、全員の前に置いた。

「十年経っても、飲み物の好みなんて、案外、変わらないものなんだな」

佑が紙コップのお茶を一口飲んでから、そう言うと、皆、何を言い出すのだと、動きを止めて佑を見た。

「俺がずっと同じメーカーのスポーツドリンクを飲んでいるように、秋吾も好きなミネラルウォーターがあったよな？」

佑の言葉に秋吾が頷く。

「タテもお茶を飲むなら麦茶だったよな？」

「あ、はい」

それが何かと言いたげにしながらも、館林も問いかけに頷く。

「そういう個人の好きな飲み物に、犯人は睡眠薬を仕込んでいたって言いたいのか？　俺は別にそんな拘《こだわ》りはないぞ」

橋爪が口を挟み、阿部も自分もそうだと答える。

「そんな好みがはっきりとわかってなくても、苦手だったり、好きじゃない飲み物はあるだろう？」

「それはまあ、ありますけど」

確か、阿部は炭酸飲料が苦手だったはずだ。十年前のことでも、意外と覚えているものだと、佑は自分でも感心する。

「だから、犯人は誰もが手を出さないような飲み物にだけ睡眠薬を入れず、残り全てに仕込んだんだ」

「絶対、誰も手を出さないなんて、言い切れないだろ。そのときの気分だってあるし」

橋爪はなおも反論する。

「こんな緊迫した状況で、新発売のよく味のわからない飲み物をわざわざ手に取らないだろう。しかもそれが見るからに甘そうなやつだったりしたらな」

今が真夏でなければ、状況も変わっていたはずだ。だが、汗を掻《か》き、喉も渇いて、頻繁に水分補給をしなければならない季節に、飲めばさらに喉が渇きそうなドリンクを口にしようとは誰も思わない。実際、皆、スポーツドリンクかさもなければお茶か水だった。たった一人を除いてはだ。

「なあ、ヅメ、あのときお前はなんでバニラコーヒーなんて、見るからに甘そうなドリンクを手に取ったんだ?」

佑は覚えていなかったが、秋吾が不思議だったからと印象に残っていたのだと教えてくれた。

「そりゃ、珍しいものがあるなと思って……」

「喉が渇いたって言ってたのに?」

佑はさらに追及する。

「あのとき何か飲もうと言い出したのもお前だし、真っ先に口をつけたのもお前だった」

「俺が犯人だって言いたいのか?」

橋爪はまっすぐに佑を見返し、挑むように言った。

「実際、睡眠薬を仕込むだけならお前以外にもできたかもしれない。だが、ヤナを殺せたのは、お前だけなんだ」

「俺だけ？」

問い返してから、橋爪はハッと芝居《しばい》がかったように声を上げて笑った。

「そんなわけあるかよ。誰だって一人になった時間はあったじゃないか」

「晴れてればな」

そう言ってから、佑はさっき秋吾と話して出た結論を橋爪だけでなく、後輩二人にも話して聞かせる。

「なるほど、それなら俺にしか無理だな」

橋爪は納得したように言ってから、

「けど、俺には三人を殺す動機がない」

そう不敵に笑ってみせる。佑の知らない橋爪の表情だ。

「一連の殺人に繋《つな》がる原因はわかった」

橋爪と西条《さいじょう》の関係はまるでわかっていないが、橋爪は逃げるつもりがないはずだという自分の勘を信じて、佑は眉村の告白を話すことに決めた。

「原因はわかったって、昨日、眉村から何か聞いたんですか？」

館林に問いかけられたのに、佑はまっすぐに橋爪を見つめながら答える。

「ああ、事件の発端は、十二年前の合宿にあったんだ」

「あの合宿で何があったって？」

橋爪は目をそらさずに問いかけてくる。橋爪こそが、それを知りたかったのだと言わんばかりに身を乗り出している。

「十二年前の合宿最終日、あの離れの風呂場で……」

さすがに佑も言葉に詰まる。真相を解明するためには、全てを話さなければならない。だが、真実の重さが佑の口を重くする。

「あの風呂場で何があったんだよ」

橋爪が詰め寄ってくる。追及していたのは佑のほうだったのに、立場が逆転したかのようだった。

「遠野、柳田、眉村の三人は、西条コーチをレイプしたんだ。昨日、眉村が告白した」

佑が告げた事実に、橋爪は放心したかのように、力なく椅子《いす》へと腰を落とした。

「それじゃ、今度の事件は西条コーチの復讐なんですか？」

佑に問いかけていながらも、阿部の視線はさりげなく秋吾に向かう。秋吾が西条を好きだったという噂《うわさ》は、下級生たちも知っているくらいに有名な話だった。さっきまで犯人は橋爪だという前提で話していたのに、阿部はそれを忘れているようだ。

そして、阿部の隣では、館林が顔面蒼白《そうはく》で言葉を失っていた。仲間がそんな卑劣な行為をしたことが信じられないのだろうか。

「秋吾は関係ない。犯人は当時、秋吾を隠れ蓑《みの》にして、コーチと付き合っていた恋人だ。ツメ、そうなんだろう?」

それ以外考えられないと、佑は問いかけていながらも、そうだという返事しか予想していなかった。

「ああ、貢《みつぐ》と付き合ってたのは、俺だよ」

橋爪がそう言って、ふっと笑う。

「そうか。眉村は最後にいい仕事をしてくれたな。俺の復讐は完全に終わったんだ」

さっきまではしらを切るかのような態度だったのに、橋爪は急に自分が犯人だと認めだした。しかも復讐が果たせたからなのか、その表情は晴れ晴れとしている。それが余計に佑をやるせなくさせた。

「お前、コーチをレイプした犯人が誰かを知らなかったのか?」

「ああ。何人かにレイプされたってことしかわからなかったからな」

橋爪の自白で、謎が一つ解けた。

どうして、犯人は三人を一度に殺さず、ばらばらに殺していったのか。それは復讐の相手が誰かを知らなかったからだった。眉村以外はどうやって突き止めたのかは不明だが、判明した順番に殺していったということのようだ。

「合宿後に、西条コーチが急に辞めたのは、そのことが原因だったんだな?」

「あんな真似《まね》をした奴らと顔を合わせられるわけないだろ」

橋爪は吐き捨てるように言った。復讐は終わったと言いながらも、死んだ三人への憎しみが消えることはなかった。

「……俺のせいだ」

絞り出すような声は、それまで黙っていた館林の口から発せられた。

「何がお前のせいなんだ」

復讐はまだ終わっていなかったのかと、橋爪が顔色を変えて立ち上がり、館林に詰め寄った。

「落ち着け、ヅメ」

機敏に動いた秋吾がテーブルを回り込み、橋爪を羽交い締めにする。

「タテ、どういうことだ?」

興奮する橋爪に代わり、佑が館林に尋ねた。

「俺が余計なことを言ったから……」

「余計なこと?」

「あの合宿中、コーチが着替えてるところを偶然に見てしまったんです。そのとき、コーチの胸元にキスマークがいくつもついてたから、驚いて。おとなしいコーチのイメージになかったから」

そして、館林は驚きのあまり、眉村にそのことを話してしまった。そこへ遠野がやってきて、異常なほどその話に食いついてきたらしい。自分も見てみたいだとか、相手は誰なのかと興奮したように言っていたとのことだった。だが、その後はいつもと変わらず練習していたから、館林はすっかりそのことを忘れていたのだと言う。

「だから、自分の目で確かめようとして、遠野先輩たちは風呂場を覗いたのかもしれません。俺が余計なことを言わなかったら、あんなことは起きなかったんです」

館林は椅子から床に降り、橋爪に向かって土下座した。

「すみませんでした。全部、俺のせいです」

橋爪の怒りの大きさは、三人もの人間を殺したことで、嫌と言うほどわかっている。館林は床に顔がつくほど頭を下げたままだ。

だが、橋爪はもう館林を見てはいなかった。呆然として、振り上げていた手を力なく下ろす。もう必要ないと判断した秋吾が拘束を解くと、崩れるようにその場にしゃがみ込んでしまった。

「そもそもは俺のせいだったのか……」

世の中にこんなに切ない声があったのか。力なくか細く震える橋爪の呟きは、この場にいる全員から言葉を奪った。

一年以上ずっと一緒に練習をしていた西条に対して、遠野たちが合宿中に急に欲情した原因は、恋人である橋爪が残したキスマークだった。おそらく合宿中は触れ合うことができなくなるからと、直前に深く愛し合ったのだろう。そう想像するのは容易だった。

一週間も経てば、痕も消える。遠野たちが見たときには、もう痕は残っていなかったはずだ。だが、誰かに愛された身体だと知った遠野たちの目には、艶めいて見えたのかもしれない。

床に手をつき、その間に顔を埋めて、橋爪が嗚咽《おえつ》の声を上げる。

誰も何も声をかけられなかった。

窓の外からヘリコプターの音が聞こえてきた。それはやがて橋爪の泣き声をかき消すほどに大きくなる。橋爪の復讐劇はこうして幕を閉じた。

6

道路の復旧を待たずしてやってきたヘリコプターで、罪を認めた橋爪だけが連行されていった。一度に何人も乗れないし、犯人と一緒には乗せられないのだろう。佑たちはヘリコプターに乗ってきた二名の警察官と共に、まだ廃校に残された。

それから、二時間後、サイレンを鳴らしながら、何台ものパトカーがやってきた。やっと道路が復旧したらしい。

ここでも二人が殺されていることから、事情を知っている佑たちはかなり長い時間、この廃校での聴取を余儀なくされ、終わった頃にはもう昼を過ぎていた。

警察から解放された佑たちは、それぞれ帰り支度を始めていたのだが、橋爪がいなくなった今、バスで帰るのは佑だけだ。そんな佑を気遣い、秋吾が声をかけてきた。

「佑、駅まで送るよ」

「ああ、ありがとう。だが、あいつらは大丈夫かな」

佑の視線の先には、表情を強ばらせたまま、無言で荷物を片付けている阿部と館林がいる。特に館林は自分が事件の発端になったと思っているだけに、動揺は大きく、警察の聴取の間もほぼ言葉を発しなかった。

「山道を運転させるのは危ないか」

佑の心配は、秋吾にも理解できたようだ。館林ほどでなくても、阿部もまた顔色が悪い。こんな調子では一時間の山道運転は危険だ。

「あの二人も俺の車に乗せて、阿部たちのレンタカーは警察に頼んでみようか？」

二人がそんな相談をしていると、一人の刑事が廊下から教室に顔を見せた。

「最上《もがみ》さん、ちょっといいですか？」

刑事に呼びかけられ、佑は一人で刑事の元へと近づいていく。

「どうかしましたか？」

「申し訳ありませんが、署での聴取にも付き合ってもらえないでしょうか」

「それはかまいませんが……」

必要とあれば、どれだけでも警察には協力するが、何故、佑だけが呼ばれたのかが理解できないと、佑はその訳を尋ねる。

「最上さんがいないと何も喋《しゃべ》らないと、橋爪が言っているそうなんです」

刑事も電話でそう伝えられたのだろう。申し訳なさそうなというか、困惑したような表情だ。

恋人の復讐を果たし、さらには自分の責任でもあったと、佑が最後に見た橋爪は抜け殻のようになっていた。少し時間をおいたことで、何かを思い出したのか、それとも、まだ心残りがあったのか。

どちらにせよ、佑も長年の友人との別れを、あれで最後にはしたくなかった。刑事には聴取に付き合うことと、阿部たちのレンタカーを代わりに返してもらえないかと頼んだ。阿部たちの憔悴《しょうすい》具合は一目瞭然《いちもくりょうぜん》で、道も万全とは言いがたい状況だから、警察も不安は感じたのだろう、佑の願いは聞き入れられた。

佑は秋吾の元に戻り、刑事の話を伝えた。

「秋吾は阿部たちを頼む。俺はヅメに会ってくる」

「わかった。それならヅメに伝えてほしいことがあるんだ」

秋吾もまたあれが最後の別れにはしたくなかったのだろう。言い残した言葉を受け取り、佑は刑事の元に戻った。

橋爪は県警本部に連行されていた。連続殺人犯を留置するには、担当する所轄署は小規模すぎて、マスコミ対応も充分にできないからだ。けれど、佑が案内されたのは取調室ではなく、小さな会議室だった。佑は長机に向かうパイプ椅子に、刑事と並んで腰を下ろした。ほどなくして、両手首に手錠を嵌《は》めた橋爪が連れてこられる。三人もの人間を殺した容疑者だ。橋爪の両サイドにも刑事がいて、会議室のドアも制服警官が二人で固めるものものしさだった。

橋爪はテーブルを挟んで佑の向かいに座らされた。

「悪いな。まだ面倒かけて」

佑と目が合うなり、橋爪は詫《わ》びの言葉を口にした。廃校で最後に見た、抜け殻のようだった橋爪ではなくなっている。

「俺のことはいい」

「佑ならそう言ってくれると思ってたよ」

橋爪は小さく笑う。

「お前にはちゃんと自分の口ですべて話しておきたかった」

「聞かせてくれるのか？」

「ああ。俺はお前まで騙《だま》したかったわけじゃないんだ」

橋爪の言葉に嘘は感じられなかった。佑の二十八年間の人生で、一番長い付き合いの友人は橋爪だ。それなのに、橋爪と西条が付き合っていたことも知らなかったし、ずっと仲間たちに恨みを抱えて生きていたことも知らなかった。佑の態度が橋爪に話しにくくさせていたのかと、佑が悔やんでいたことに、橋爪は気付いていたのかもしれない。

「どこから話そうかな」

「コーチとは今も？」

ずっと気になっていたことを佑から尋ねた。高校時代も二人の関係に気付いていなかったが、卒業後、同じ京都に住んでいたのに、橋爪の交友関係は知らないままだった。

佑の問いかけに、悲しい笑顔で橋爪は首を横に振る。

「貢はもういない。学校を辞めた後、自殺したんだ」

橋爪の答えは、佑から言葉を奪った。

だから、橋爪は三人の命を奪ったのか。もし、今もなお西条と一緒にいられたのなら、橋爪は復讐のために殺人まで犯さなかっただろう。そんなことをすれば、もう西条とは一緒にいられなくなるのだ。

「俺も最初は何も知らなかった。コーチを急に辞めたのだって、何も聞かされてなくてさ。アパートに行ったら引っ越した後だし、携帯も着信拒否されてた」

橋爪の話を刑事たちは黙って聞いていた。やっと全てを話す気になったのだから、下手な相槌でまた黙られては困ると考えているようだ。

「お前が合宿での事件を知ったのはいつなんだ?」

「貢が死んだ後だ。俺はそれを貢の母親から教えられた。遺品の中に、俺宛の手紙があって、わざわざ訪ねてきてくれたんだよ」

それは西条が学校を辞めた年の年末だった。母親も急に実家に帰ってきて、暗い顔で引きこもるようになった息子に戸惑っていたのだという。そうなった原因も自殺の原因もわからず、かといって勝手に手紙を読むわけにもいかないから、橋爪に会って、手紙を読んでもらい、原因がわかれば教えてもらおうと考えたらしい。

その手紙は遺書ではなかった。黙って橋爪の前からいなくなったことへの詫びと、会えなくなった理由が綴《つづ》られていた。

西条は橋爪以外の男と関係を持ったことがなかった。橋爪が最初の男で、橋爪しか知らなかった西条にとって、レイプとはいえ、他の男に抱かれたことが橋爪への裏切りに思えた。それで橋爪の元を去ったものの、今でも橋爪を想っていることは覚えていてほしいと、締めくくられていた。

「自殺は計画的なものじゃなかった。発作的に病院の屋上から飛び降りたんだ」

「病院？」

「ずっと眠れない日が続いて、精神状態も安定しなかったそうだ。不眠で意識も朦朧《もうろう》としてたのかもしれないと、母親は言ってた」

亡き西条を想い、橋爪の顔が悲しげに歪む。

「その手紙には誰にやられたのかまでは書いてなかった。知ったら俺が復讐に走ることを責はわかってたんだ。それでも、犯人は一人じゃないことだけは書いてあった。彼らに汚《けが》されたって書いてあったからな」

橋爪の口元に冷たい笑みが浮かぶ。殺した三人への贖罪《しょくざい》はない。未《いま》だ消えない憎しみがあるだけだ。

「貢が俺に何もしてほしくないというのなら、それが貢の望みなら、俺は従うしかない。それに、俺が貢の変化に気付いていれば、死なせずに済んだんだからな」

「それなのに、どうして、今になって復讐しようと思ったんだ？」

「門倉《かどくら》の結婚式の招待状が届いたときだよ。俺の復讐心が燃え上がったのは。あいつが貢をレイプした奴かもしれないのに、幸せになろうとしているのが許せなかった。だから、俺は犯人を捜すことにしたんだ」

そして、橋爪はその日から、あの合宿に参加した部員の消息を突き止めることに時間を費やした。佑の知らないところで、何度も上京していたらしい。

「同窓会に集められた部員は、犯人候補だったというわけか」

「お前以外はだ。貢が襲われた時刻、佑が俺と一緒にいたのは、俺が一番よくわかってるからな」

西条が襲われたのは、夕食後の自由時間のときだ。佑は橋爪に頼まれ、最終日まで一緒に練習していた。その頃、橋爪は館林とレギュラー争いをしていて、必死だったのだ。

「それでもさ、キャプテンだったお前を呼ばないわけにはいかないだろ」

だから、案内状を送ったのだと橋爪は言った。

橋爪の記憶だけでは、合宿時の全員の行動など把握するのは難しい。それで確実に行動がわかっていた部員を数名だけ除き、案内状を送った。来ていなかったのは、単純に欠席だったようだ。

「遠野を幹事にしたのはどうしてだ？」

「最初は俺が幹事になって案内を送るつもりだったんだけど、こういうのはムードメーカーだった遠野のほうが適任だと思って、あいつを焚《た》きつけた」

そのために橋爪は何度も東京に通い、遠野と打ち合わせをした。怪しまれないよう、遠野には東京に異動になったと言っていたらしい。案内状も遠野の自宅のパソコンで作成したが、郵便局に持ち込んだのは橋爪だ。必要ない部員には送らなかった。それで村井には届かなかったのだ。

「そのときはまだ遠野が犯人だとは思ってなかったのか？」

「全くな。けど、あの廃校を同窓会の場所にしようと言ったら、遠野はあからさまに狼狽《うろた》えた。だから、続けて貢の名前を出したら、ありえないほどの動揺を見せた。俺は遠野が犯人の一人だと確信したよ」

一人目のターゲットは遠野に決定したものの、手にかけるのは同窓会の手配を全て終わらせてからと、橋爪はずっと機会を窺っていた。同窓会は土日開催、その前日の金曜日に遠野が会社から戻るのを待ち構え、最後の打ち合わせだと言って、自宅に上がり込み、凶行に及んだ。もっと早く殺してしまうと、無断欠勤で会社の人間が様子を見に来て、殺人が発覚する恐れがある。そんなことになれば、同窓会は中止だ。だから、ギリギリの前日にしたのだと言った。

「けど、遠野に合い鍵を持った恋人がいたのは誤算だった。何度も会ってたのに、存在すら気付かせなかった。信用させてたつもりだけど、そうじゃなかったってことか」

橋爪は自嘲《じちょう》気味に笑う。

「それは、遠野さんの恋人が男性だったからでしょう」

ずっと黙って話を聞いていた刑事が、初めて口を開いた。

「遠野の恋人が男？」

橋爪が信じられないと刑事の顔を見つめた。

「周りにはひた隠しにしていたようですね。恋人の男性が言うには、高校時代に自分の性的指向に気付いたと言っていたそうです」

「それじゃ、もしかして……」

そう言いかけて、続く言葉を佑は飲み込んだ。

高校時代、もしかしたら、遠野は西条のことが好きだったのかもしれない。その西条から恋人とのセックスの痕《あと》を見せられ、我を失い、欲望を抑えきれなくなったとも考えられる。

だが、それが事実だったところで、西条への行為が正当化されるわけではないし、橋爪の怒りが収まるわけでもない。

「鍵を借りてきたのも、食料を買い込んだのも、お前だな？」

「ああ、遠野になりすましてな。あいつ、今は眼鏡《めがね》をかけてたから、だて眼鏡に髪型もあいつに合わせて少し短くしたんだ」

簡単な変装はただの時間稼《かせ》ぎだ。復讐を果たし終えるまでの間だけ、誤魔化《ごまか》せればよかった。橋爪はその変装のまま、遠野が前日から借りていたレンタカーを使い、準備をしたのだと説明した。

「なかなか忙しかったよ。鍵は前日に借りられたけど、朝一番に廃校に行って、買い物した食料を置いて、佑との待ち合わせまでに千葉駅に行かなきゃならなかったんだ」

だから、デパートでの買い物は前日に済ませておくしかなかったのだと言う。惣菜に生モノがなかったのを佑は思い出した。

おおよそ、佑が予想したとおりだった。佑に届いた遠野からのメールも、もちろん橋爪が送ったものだ。遠野を殺した後、携帯電話を奪い、メールの下書きをしておいて、全員が集まった頃合いに、こっそり送信ボタンを押す。それくらいなら、何かを探しているふうを装い、鞄《かばん》の中に手を入れれば、簡単にできる。その後、携帯電話は電源を切って、学校の裏山に捨てたのだと言う。

「眉村が犯人の一人だというのは、あんな逃げ出し方をしたからわかったんだろうが、ヤナもそのうちの一人だと、どうしてわかった？」

「遠野が犯人なら、仲のよかったヤナも怪しいと思ってた。だから、貢の名前を出して、反応を見てたんだ」

言われて思い返せば、廃校で最初に西条の名前を出したのは橋爪だった。そのときは事件が起きる前だったから、佑は何も気にしていなかった。

「ヤナの目が泳いだのを俺は見逃さなかった。それにあいつはすぐに来なくて当然だと言ったんだ。来てほしくないという口ぶりだった」

「それだけか？」

「まさか。もっと確信がほしかったから、俺はヤナを風呂に誘った。今のうちに入っておいたほうが楽だぞってな」

そのときは殺すつもりはなかった。柳田の着替えを持って行ったのも、断りづらくさせるためでしかなかった。だが、一緒に風呂に入り、十二年前の風呂場で何かあったらしいと橋爪が匂《にお》わせただけで、柳田は自分は関係ないと言い出した。具体的なことは何も言っていないのにだ。柳田も犯人の一人だと確信するに充分だった。

この場所で西条を犯した奴が目の前にいると思ったら、殺意を抑えられなかった。気付けば、近くにあったブロックを摑《つか》み、柳田の後頭部に振り下ろしていた。

「突発的な殺人だったのか……」

道理で柳田のときだけ計画性を感じられなかったのかと、佑は納得した。

「校長室の鍵は？　どうやって、眉村に開けさせた？」

今回の一連の事件の中で、佑がもっとも悩み、答えの出なかったことを尋ねる。

「すまん。それはトリックでもなんでもないんだ」

橋爪が苦笑いして謝った。

「十二年前の合宿のとき、こっそりと貢に教えてもらったんだよ。あの廃校にあるほとんどの教室の廊下側の窓の鍵は、ネジが錆《さ》びて馬鹿になってる。外から鍵のところを思い切りたたくと抜けるんだ。貢は大学のときにあの廃校に来たことがあったんだと」

「そうだったのか」

それならいくら考えても答えが出ないはずだ。鍵が鍵穴に差し込まれていれば、わざわざ抜いてまで確認しない。外から開けられるなど、眉村も考えもしなかっただろう。

「下調べに行ったときに、まだ鍵が直っていないことは確認しておいた。使うことになるとは思ってなかったけど、念のためにな」

やはり橋爪は昨日以前にも廃校に行っていたようだ。昔から橋爪は念には念を入れるタイプだった。試合のたびに、相手校の情報をギリギリまで集めていた。こんな状況なのに、橋爪との思い出が蘇《よみがえ》って切なくなる。

「天候は俺に味方してくれなかったけど、眉村が窓の鍵の壊れた校長室に逃げ込んだのは、運が味方してくれたんだな」

「俺は止めたかった」

口にしたことで、できなかった悔しさが蘇る。あのときは橋爪が犯人だとはわかっていなかったが、仲間にはもう一人も殺させたくなかったのだ。

「だから、佑だけはどうしても寝ていてもらいたくて、あのスポーツドリンクには睡眠薬を多めに入れといたんだよ」

そのために、あのスポーツドリンクを用意しておいたようだ。それでも佑が一番最初に起きたのは、飲んだ量が少なかったからだろう。

これで橋爪は全てを自供した。橋爪は肩の荷が下りたのか、どこかすっきりとした顔をしている。

「何もなかったように、佑たちと普通の生活を過ごしているのは楽しかった。けど、楽しかった分だけ、後ろめたかった。貢がいないのに、笑っている自分にな。これでもうそんな後ろめたさから解放されるんだ」

それは復讐を果たしたことではなく、橋爪が全てを失ったことを言っているに違いない。橋爪には家族はいない。愛する恋人も失い、今度の事件で自ら仲間を失《な》くした。この世に関わる全ての縁を断ちきったことで、やっと西条に寄り添えたとでも思っているのだろう。だが、それは間違いだと佑は伝えたかった。

「秋吾から伝言がある」

「秋吾が俺に？」

橋爪が意外そうな顔をする。三年間同じクラブに在籍していても、秋吾と橋爪は親しいほうではなかった。二人きりでどこかに出かけたりといったこともなかったはずだ。だから、秋吾から何か伝えられることがあるようには思えないのだろう。

「秋吾はコーチに恋人がいることを知ってた。コーチが自ら進んで話したわけじゃなくて、うっかり口を滑らせただけらしいが」

「それが？」

「どこが好きなのか聞いたら、何があってもずっと自分を好きでいてくれる。そう信じられるところだと言っていたそうだ」

「貢がそんなことを言ってたのか……」

橋爪は初耳だと驚いている。二人の間で、そんな会話はなかったようだ。

「この十二年、お前はコーチを想い続けていた。コーチはもうそれで充分だと思ってるだろう。お前がコーチのところに行くまで、きっとコーチもずっと待っててくれる。急がなくていいんだ」

佑には橋爪が今すぐにでも命を絶ちそうに思えた。今度こそ、仲間の死を阻止する。それは西条の願いでもあるはずだ。

「お前はまだ俺に貢のいない世界で生きろって言うのか？」

「お前の心の中にはいるんじゃないのか？」

佑が問い返すと、橋爪ははっとしたような顔で息を飲んだ。

「コーチとの思い出は、消えてはいないんだろう？」

「当たり前だ。全部覚えてる」

「俺たちに隠れて、デートをしていたんだよな？」

「ばれないようにするのは大変だったよ。地元じゃ誰に見られるかわからないから、毎回、東京まで行ってたんだ。わざわざ東京駅で待ち合わせしてたんだからな」

そのときのことを思い出したのか、橋爪が懐かしそうに口元を緩める。

「俺が乗った電車が、人身事故の影響で一時間以上も遅れたことがあってさ。しかも、携帯を忘れて連絡ができなかったんだよ。それなのに、貢は待っててくれて一言も俺を責めずに、来てくれてよかったって笑うんだ」

「コーチらしいな」

一度も声を荒らげたことがなく、誰もが笑顔の印象しかないほど、穏やかな人だった。それは橋爪の前でも変わらなかったようだ。

「そんな貢のいない世界は、俺には辛《つら》すぎる。もう充分なんだよ」

「俺たちがいる」

佑は力強く言い切った。佑だけでなく、秋吾もまた橋爪を仲間だと思っている。

「俺たちじゃ、コーチの代わりにならないのはわかってる。だが、向こうでコーチに会ったとき、土産話《みやげ》は多いほうがいいだろう？　今のままじゃ、あっという間に話が尽きてしまうぞ。恋人を退屈させていいのか？」

「佑……」

何か言いたげな橋爪に、佑は頷いてみせる。

この先、橋爪は長い時間を塀の中で暮らすことになる。その暮らしでさえ、いつまで続くかわからない。三人の命を奪った罪を、自らの命をもって償《つぐな》うことになるかもしれないのだ。それは佑も橋爪もわかっていた。わかった上でそれまでの時間をどう過ごすべきか、佑は橋爪に提案した。

「そうだな。佑でもそんな冗談を言えるようになったんだって、お前を怖がってた貢にも教えてやらないと」

「なんだ、やっぱり怖がられてたのか」

「部活中はほぼ笑ってなかったからだろ」

橋爪が泣き笑いの表情で答える。

佑はじっとそんな橋爪の顔を見つめていた。橋爪も見つめ返してくる。目を逸《そ》らさないのは、きっと佑の思いが通じたからだ。

「また会いに来る」

佑の言葉に、橋爪は待っているというふうに頷いた。

佑が警察署を出たときには、もう午後八時を過ぎていた。

「お疲れ」

不意に横から声をかけられた。声だけで誰かはわかる。

「秋吾、帰ったんじゃなかったのか？」

「佑一人を残して帰れないだろ」

当然のことだと、秋吾は笑って答える。

「駅まで送るつもりだったんだけど、今日はもう京都には帰れないだろ？」

秋吾の言うとおり、今からでは最終の新幹線に間に合わない。それに乗れる時間だったとしても、昨日から風呂にも入らず、着替えもしていない状態で電車には乗りたくなかった。きっと相当に汗臭いはずだ。

「ビジネスホテルにでも泊まるよ」

さっき親切な刑事が教えてくれたのだが、今いる警察署からすぐ近くにビジネスホテルがあるらしい。今日は日曜の夜だから、空室もあるだろうとのことだった。

「じゃ、俺もそこに泊まる」

「実家に帰らないのか？」

秋吾には佑と違い、千葉市内に実家がある。わざわざホテルに泊まる理由はないはずだと、佑は尋ねた。

「帰ってくるなって言われたんだ」

秋吾が苦笑いで答える。

「なんか、もうマスコミが嗅《か》ぎつけてるらしくて、実家に記者が押しかけてきてるんだ。村井のところも電話が鳴り止《や》まないから、電話線を引き抜いたんだって」

誰よりも早く事情を知りたいはずだと、佑を待っている間に、秋吾はバスケ部の仲間たちに連絡を取っていたのだと言う。千葉に残っている仲間たちのところには、どこもマスコミが押しかけてきているらしい。

「そうなるよな」

「誰も何も話してないって」

だから、安心していいのだと秋吾は言った。警察の発表もまだ橋爪の名前だけしか出ておらず、事件の詳細は伝わっていない。だから、マスコミはスクープを狙《ねら》って、仲間たちのもとに押しかけているのだろう。橋爪がどんな人間だったのか、被害者たちとの関係など、どこよりも早く自社で伝えようと必死になっているに違いない。

「そっとしておいてほしいと願うのは、わがままかな?」

秋吾が悲しげな顔で気持ちを吐露する。

「俺だってそう思う。みんな、そう思ってるから、何も言わないんだろう」

加害者も被害者も仲間だった。こんな辛い事件を簡単には口にできないし、他人の好奇心を満たすための道具にもしたくない。誰もがそう思っているに違いない。十年間、ほとんど会っていなくても、かけがえのない仲間だったのだ。

「だから、今日はホテルに避難」

「車は？」

「すぐそこの駐車場に停《と》めてあるよ」

「そうか、なら行こう」

車の心配もないならと、佑は秋吾と一緒に教えられたホテルまで歩いて行くことにした。

「ヅメ、どうだった？」

「大丈夫という言い方はおかしいが、落ち着いてる」

佑はそう言ってから、さっきまでの橋爪との会話を話して聞かせた。

「俺のしてたことは間違いだったのかもしれない」

秋吾が辛そうに顔を歪める。

「秋吾が何を間違えたって？」

「コーチと親しい振りをして、周りを牽制《けんせい》してたけど、それじゃ、駄目だったんだ。ヅメとコーチが付き合ってるって知ってたら、きっとあいつらだって、あんなひどいことをしなかった」

少なくとも、あの合宿の最終日までは、信頼し合う仲間だった。その仲間の恋人だとわかっていたら、キスマークの相手もわかったし、風呂場を覗くことすらしなかっただろうと、秋吾は後悔しているようだった。

確かに、過去の自分たちの行動が一つ違っていれば、今回の事件は起きなかった。だが、今更それを悔いたところで、誰も生き返りはしない。

「自分たちの関係を秘密にしようと決めたのは、ヅメたちだ。講師と生徒じゃ、そうするのも無理のないことだ」

橋爪と西条は、お互いを大切に想うあまり、周囲に知られて関係が壊されるのを恐れて誰にも言えなかった。遠野は自分がゲイだと気付いても、周りの目が怖くて誰にも言えなかった。皆、言えない想いを抱えていて、それ故《ゆえ》に起きた悲劇だった。

佑にも当時からずっと言えない想いがある。この想いを明らかにすれば、何か悲劇は防げるのだろうか。

佑は足を止め、気付かず歩き続ける秋吾を呼び止める。

「秋吾」

「うん？　どうかした？」

隣に佑がいないことに、秋吾が立ち止まり振り返る。

「俺は十年以上前から、ずっと秋吾が好きだ」

　思っていたよりも声は震えなかった。秋吾の目をまっすぐに見て、誰にも言えずに抱え込んでいた想いを打ち明けられただけで、佑の心が軽くなる。

　これで少なくとも、佑の想いが誰にも知られず風化する悲劇だけは避けられた。

　秋吾が急に体の力が抜けたかのように、その場にしゃがみ込んだ。

「なんで、先に言っちゃうかな。俺が言おうと思ってたのに」

「秋吾？」

「この同窓会の間に告白しようと決めてたのに、タイミングが合わなくて言えなかったから、こうして待ち伏せしてたんだよ」

「それは悪かった」

　何かよくわからなかったが、秋吾の計画を台無しにしたらしいことはわかった。佑が詫びると、秋吾がプッと吹き出した。

「佑が謝ることじゃないから」

　それから気を取り直したように、表情を引き締め、立ち上がる。

「俺からも言わせてほしい。俺も多分、高校生の頃から佑が好きだった。自分の気持ちなのに、気付いたのは卒業してからっていうのが、ちょっと間抜けだろ？」

　まさかの秋吾からの愛の告白に、佑は呆然とするしかなかった。佑が好きなのは西条だと思い込んでいた期間が長くて、頭の切り替えができない。

「秋吾が俺を？　そんな気を遣わなくても……」

「こんな気の遣い方なんてする奴いる？　俺はただ佑が好きなだけだから。俺がずっとヅメに嫉妬《しっと》してたこと、知らないだろ？」

「いや、うん、知らなかった」

立て続けに出る秋吾からの衝撃の告白は、全てが予想外すぎて、反応に困る。表情を取り繕《つくろ》うこともできない。

「そういうのも全部、ちゃんと話したいから、こんな道ばたじゃなくて、先にホテルに行かない？」

「あ、ああ、そうだな」

まだ今の状況についていけないものの、道ばたでこんな話を続けているのもどうかと思い、秋吾に同意する。

警察署から見えるくらいに近かったビジネスホテルには、すぐに到着した。幸い、ツインの部屋が空いていた。

建物自体は古いものだが、掃除は行き届いている。室内に入っても、ベッドにピンと張られた真っ白なシーツが清潔感を漂わせていた。ベッドが二つあるだけの、非常にシンプルで狭い部屋だったが、数時間前までいた廃校と比べれば天国だ。

「先にシャワーを浴びてきていいかな？　昨日、風呂に入ってないし、汗臭いままで愛の告白はしたくないんだ」

照れ臭そうにロマンティストなことを言い出した秋吾が微笑《ほほえ》ましくて、佑は笑ってバスルームへ秋吾を送り出す。

シャワーの音が聞こえ始めてから、佑は自らのバッグを開けた。秋吾に続いて自分も汗を流そうと着替えを出しておくつもりだった。

新しい下着の入った袋を取り出すと、その下にあるシューズバッグが目に入る。中は見えないが、昨日使ったバスケットシューズが入っている。

疲れるまでミニゲームを繰り返したのは、昨日のことだ。皆で久しぶりにバスケットができたことが嬉《うれ》しくて、楽しかった。皆、笑っていた。たった一日前のことなのに、遥《はる》か遠い昔のことのように思える。

もう二度とこのシューズを履くことはないだろう。あのメンバーでのバスケットはもう二度とできない。履くだけでなく、このシューズを見るだけでも、楽しかった時間を思い出して苦しくなるからだ。

佑は着替えだけを取り出し、急いでバッグのファスナーを閉めた。

それからほどなくして、シャワーの音が止まり、バタバタと慌ただしい音がして、頭からタオルを被《かぶ》った秋吾が出てきた。ホテルの浴衣《ゆかた》ではなく、持参したTシャツとハーフパンツ姿だ。

「早かったな」

「急いだんだよ。早くしないとまた言えなくなりそうで」

その焦る秋吾の気持ちは、佑にもよく理解できる。伝えられるときに伝えておかないと、いつ会えなくなるかわからない。それを二人は今回の事件で強く思い知らされた。

だから、佑は手にしていた着替えの袋をベッドの上に置いた。入れ替わりで風呂に行くつもりだったが、その時間が待てなくなった。

「風呂、いいのか？」

「後でいい。それより……」

佑が促すと、秋吾がベッドに座る佑の隣に腰掛ける。

「俺が佑を好きだと気付いたのは、高校を卒業してからだった」

ちゃんと話したいと言ったとおり、秋吾は照れることなく、真剣な顔で語り始めた。

「部活を引退するまでは、ほぼ毎日、顔を合わせてたから、一緒にいられることが特別なことだと思ってなかった。でも、三年のときはクラスも違ってて、引退したら、あんまり会えなくなって、そのときから、あれって思ってたんだよ」

秋吾の告白に、佑は胸が痛む。引退後といえば、秋吾への想いを断ち切ろうと、距離を取り始めた頃だ。クラスが違うのを幸いに、極力、会わないようにしていた。

「大学に入って、初めて女の子と付き合ったんだけど、なんか違うって思ったんだ。俺もその娘《こ》のことは好きだったはずなのに、二人きりになると、心から楽しいと思えなくて、もっと楽しい時間があったはずだって思うようになった」

秋吾が苦笑いを浮かべ、過去を振り返る。

「部活帰り、たまに佑と二人だけになるときがあっただろ？」

「ああ、あったな」

佑もすぐに思い出す。キャプテンと副キャプテンだけが呼び出され、残されたときには、必然的に帰りは二人きりになっていた。

「あのときが最高に楽しかった。いつも俺が寄り道に付き合わせてたのは、その時間を引き延ばしたかったからなんだ」

佑の脳裏にもそのときのことが蘇り、自然と笑顔になる。

「俺もお前が誘ってくれて嬉しかった。俺の高校時代で、一番楽しい思い出だ」

「佑、さっきずっと俺を好きだったって言ってくれただろ？　だから、あの時間はあんなに楽しかったんだ。同じ好き同士の二人がいて、その時間が楽しくないはずないもんな」

秋吾はひとしきり、佑への想いを語ってから、深い息を吐いた。

「やっと言えた」

秋吾の顔に安堵《あんど》の笑みを広がる。同窓会の間、秋吾は何度も何か言いたげにしていた。だが、そのたびに邪魔が入って言えなかったのだ。

「ありがとう、秋吾」

他に言葉が思い浮かばなかった。片想いが当たり前になりすぎていて、想いを返されることなど想定していなかったし、そうなったときにどうすればいいのかわからない。ただ嬉しい気持ちは伝えたかった。

「まだ気を遣って言ってると思ってる?」

「いや、俺をずっと好きでいてくれてありがとう」

ありがとうの意味を説明すると、秋吾が嬉しそうに笑う。

「それを言うなら俺のほうだよ」

俺が俺がと、二人して頭を下げ合った後、それがおかしくて、佑と秋吾は顔を見合わせて笑った。

自分だけに向けられる秋吾の笑顔に、佑は長い長い片想いの終わりを知った。

「確認してもいいかな?」

「何をだ?」

まだ何か誤解させることがあったかと、佑が問い返す。

「友情の好きじゃないってこと」

「どうやっ……」

佑の言葉は顔を近づけてきた秋吾によって遮られる。

佑にとって生まれて初めてのキスだ。遊びで誰かと付き合うことなどできないから、ずっと秋吾を思い続けていた佑は全ての経験がなかった。だから、キスの間もどうしていいかわからず、目を開けたまま、ただ動きを止めていた。

唇が触れ合うのは、今まで経験したことのない不思議な感覚だった。秋吾の唇は見た目から想像するより遥かに柔らかかった。

ほんの数秒重なっただけの唇がすっと離れても、秋吾の顔はまだ間近にある。

「佑、嫌じゃなかったら、口を開けて」

秋吾がすることで、佑が嫌に感じることなど何もない。考えるよりも早く、佑は唇を開いていた。

再び唇が触れ合うと、今度はすぐに舌が佑の口中を犯す。

キスも初めてなくらいだ。当然、他人の舌を受け入れたことなどない。最初は違和感に戸惑った。けれど、探るように口中を蠢《うごめ》く舌が、佑の体を震えさせる。これも知らなかった感覚だ。

佑が思わず秋吾の肩を摑むと、応えるように秋吾の手が背中に回る。丸一日ぶりに、また抱き締められた。

密着した秋吾の体から、シャンプーの香りが漂ってくる。その匂いで、佑は急に自分が汗

臭いことを思い出した。秋吾はそれが嫌だからとシャワーを浴びたのに、自分だけが汗臭いままだ。

さっきの数秒のキスとは違い、数分後に唇が離れてから、佑は頰《ほお》を上気させたまま、遠慮がちに申し出た。

「俺もシャワーを浴びてきていいか？」

「え、ああ、それはもちろん」

何故か、焦ったように秋吾が答える。

「すまん。俺だけ汗を掻いたままで」

佑は申し訳ない気持ちで頭を下げた。

「気にすることないのに」

「秋吾は気になったからシャワーを浴びたんじゃなかったか？」

「自分の臭《にお》いはさ、やっぱり気になるよ」

「俺もだ。ちょっと待っててくれ」

そう言い置いて、佑は着替えを手にバスルームへ向かった。

手早く髪を洗い、汗を流し終わるまで、十分とかかっていなかっただろう。だが、佑が着替えて部屋に戻ると、秋吾は座っていたところからそのまま後ろに倒れるような格好で眠っていた。僅《わず》かに寝息も聞こえてくる。

昨日は睡眠薬で眠らされていたから、睡眠は取れていた。だが、あの環境にあの状況では、肉体的にも精神的にも疲れて当然だ。佑は起こさないよう、慎重に秋吾の体を抱き上げ、ベッドに寝かせた。

もっと話していたかった気持ちもある。けれど、初めてのキスの後で、どんな顔をしていいかわからないから、秋吾が眠っていてくれて少し安心もした。

それに、これからはもう秋吾から逃げなくてもいいのだ。時間はいくらでもある。佑は穏やかな気持ちで、佑の寝息に耳を傾けた。

7

九月に入っても、暑さは和らぐことはなく、荷物を運び終えたときには、佑も秋吾も汗だくになっていた。

「悪いな。貴重な休みを引っ越しの手伝いに使わせて」

夕方になり、朝からずっと働いてくれていた秋吾に、佑は頭を下げる。

「いやいや、こんな嬉しい引っ越しなら、仕事を休んででも飛んでくるって」

秋吾は疲れも見せず、爽やかな笑顔を見せた。

今日は佑の引っ越しの日だった。京都から東京に、佑は今日から完全に移り住む。

引っ越しが決まったのは、佑の怒濤《どとう》の夏休みが終わった後だった。休み前に打診されていた講師の話を引き受けたのだ。

新しく講師として勤める大学は、東京にあった。東京で暮らしていて、秋吾と会わずにいられる自信がなかったから、返事ができずに悩んでいたのだが、思いが通じ合った今、講師の話を断る理由はなくなった。

そこからは慌ただしい毎日だった。大学が夏休み中だからと、教授の厚意で長く休みをもらい、どうにか一ヶ月足らずで引っ越し準備を終わらせることができた。東京でのマンション探しは、秋吾が手伝ってくれた。というよりも、今なら空いているからと、急いで秋吾の隣室を契約させられた。不満はないのだが、こんな強引な男だったかと、かなり驚かされたのは事実だ。

「秋吾のおかげで、明後日《あさって》からの勤務までに、余裕で間に合ったよ。本当に助かった」

佑は室内を見回す。荷物は元々あまり多くはなかったから、本以外の段ボールの数は少ない。人並み以上に持っている本も、すぐに使うというものでもないから、時間のあるときに片付けていけばいい。今日は日常的に使うものだけ、片付けた。これでもう生活するのに不自由はなかった。

「どういたしまして。お礼にはまた改めて何か奢《おご》ってもらうから」

「約束する」

今日一日の食事はほぼコンビニだった。食事に行くには着替えなければいけないし、その時間ももったいないと、徒歩五分のコンビニに昼も夜もお世話になった。確かに暮らしやすい街だと、引っ越し初日に実感した。

「今日はもう充分片付いたから、少し飲まないか?」

佑は秋吾を誘う。夕食の買い出しをコンビニでしたときに、終わったら飲もうと缶ビールを買っておいたのだ。

「いいね。それじゃ、先に汗を流してくるよ」

こういうとき隣同士は便利だ。一度家に帰るのも、隣なら出直すのも面倒にならない。

「なら、俺もその間にシャワーを……」

佑がそう言いかけると、秋吾は何か思い出したのか、照れ臭そうに笑う。

「どうした？」

「ホテルで寝落ちしたことを思い出した」

あのときかと、佑もすぐに思い当たる。同窓会事件の後、一緒に泊まった警察署近くのビジネスホテルでのことだ。

「まさか、あの状況で寝るなんてさ」

秋吾は後悔しているかのような口ぶりだった。

「疲れてたんだから、仕方ないだろう」

「じゃなくて、佑が風呂から出てくるのを凄く期待して待ってたのに……」

「期待？」

「キスも受け入れてくれたし、その先に進めるのかなって。だから、シャワーを浴びるって言ったのかと思ってさ」

秋吾の言っていることの意味がわからず、佑は首を傾げる。

「やっぱり、佑はわかって言ってたわけじゃなかったか。まあ、そうだと思ったけど、でも、あの流れであの台詞《せりふ》は絶対に期待するって」

秋吾は佑の反応を見て、自己弁護するように言った。

さっきから秋吾が何を言いたいのか、佑は理解しようとするのだけれど、秋吾は一人で納得して話を進めてしまう。

「秋吾、わかるように言ってくれ」

佑は説明を求める。

「要するに、佑は俺とセックスできるかってこと」

思いもかけない言葉に、佑は唖然《あぜん》として秋吾を見つめる。

「俺と佑は恋人同士になった。キス以上のことを期待するのは間違ってるかな？」

初めてキスをした日から今日まで、二度、キスをした。部屋探しで上京し、秋吾の部屋に泊めてもらったときだ。けれど、キス以上のことはしなかった。佑がそれだけで満足していたから、秋吾も先に進めなかったのだろう。

「俺は自分の部屋に戻って、シャワーを浴びてくる。俺とのセックスを受け入れられるなら、戻ってきたときに部屋に入れてほしい」

秋吾はそう言い置いて、部屋を出て行った。すぐに隣の部屋のドアが開閉する音が聞こえてくる。

一人残された佑は、しばらくドアを見つめていた。

考えるまでもなく当たり前のことなのに、どうして気がつかなかったのか。男同士であろうと、恋人同士であれば体も繋がりたいと思って当然だ。ただ秋吾に経験がなさすぎて、思いつかなかった。

佑が秋吾を抱くのか、秋吾に抱かれるのか、どちらの姿も想像できない。それでも、佑は風呂場に向かう。秋吾が戻ってくるまでに、自分も汗を流しておきたかった。秋吾を受け入れないという選択肢は佑にはなかった。それに佑にも秋吾と触れ合いたいという気持ちはある。

秋吾より早く風呂から出ていたくて、急いでシャワーを浴びたものの、着替えをどうするかで動きが止まった。

きっちりと服を着込んでしまうと、乗り気でないように思われそうだし、かといって、何も着ないままでいるのは、興ざめするのではないだろうか。

正解がわからない。佑は腰にバスタオルを巻いただけで、着替えを手に頭を抱える。

そんなことで頭を悩ませている間に、知らないうちに時間が過ぎていた。インターホンが室内に響き渡る音で、佑は我に返り、急いで玄関に向かった。

「びっくりした」

勢いよくドアを開けると、驚きでのけぞった秋吾が、佑の姿を見て、さらに目を見開く。

「なんて格好をしてるんだよ。誰かに見られたら……」

秋吾は焦ったようにそう言いながら、佑の肩を押し、自らの体で佑を外から隠しつつ、急いでドアを閉めた。

「すまん。どんな格好で待っていればいいかわからなかった」

佑は正直に悩んでいたことを伝える。

「どんな格好でもいいんだけど……」

秋吾は笑いながらそう言うと、

「でも、俺的には今の格好は大正解」

いきなり佑を抱き締めた。

「ベッドに行こう」

耳元に囁《ささや》きかけられた声は熱く響く。佑は無言で頷いた。

佑の部屋だが、引っ越しの手伝いをしてもらったし、何より同じマンションに住んでいるから間取りはよくわかっている。秋吾は佑の手を引き、ベッドまで連れて行った。

「ここに座って」

ベッドの縁に言われるまま腰を下ろす。その隣に秋吾も座った。

「あの日の仕切り直し」

秋吾は笑ってみせる。きっと佑の緊張に気付いたのだろう。

「俺は経験がないから、上手《うま》くできる自信はないが……」

「俺だって、佑とするのは初めてだよ」

秋吾の手が佑の剥《む》き出しの肩に添えられる。近づいてくる顔を、今度はちゃんと目を閉じて受け入れた。

まだ慣れるほども交わしていないキスは、そのたびに佑を昂《たか》ぶらせる。唇を割って押し入ってきた秋吾の舌が、佑の上顎《うわあご》を擦《こす》り上げる。そこを刺激されると弱いことに、秋吾は既に気付いていた。

全身が熱くなり、中心に熱が集まっていく。愛撫《あいぶ》に不慣れな体には、ディープなキスだけでも刺激が強すぎた。

腰に巻いたバスタオルが盛り上がりを見せ始める。それを気付かれたくなくて、体の向きを変えようとしたが、秋吾に阻止された。

「感じてくれないと困るんだから、隠すのはナシ」

「いや、でも……」

さすがに恥ずかしいと、佑は初めて抵抗を見せた。

「大丈夫。佑だけじゃないから」

そう言って、秋吾は服を脱ぎ始めた。Tシャツにスウェットパンツというラフなスタイルだったから、あっという間に、秋吾の肌が視界に飛び込んでくる。視線を落とすと、秋吾の言葉どおりに中心は形を変えていた。

「シャワーを浴びてるときから、やばかったしね」

だから佑が恥ずかしがる必要はないのだと言って、秋吾は佑から強引にバスタオルを剝《は》ぎ取った。

高校時代には、同じ場所で着替えをしていたし、合宿では一緒に風呂にも入った。約十年前のこととはいえ、お互いの裸は知っている。なのに、今は見られていることも、目に入る秋吾の裸も、無性に恥ずかしく感じた。

秋吾は俯《うつむ》く佑の肩を掴んで、ベッドへと押し倒す。佑はされるままになっていたが、秋吾がベッドの端に置いた袋が目にとまる。

「それは？」

「やる気満々みたいで恥ずかしいんだけど……」

そう言いながらも、秋吾は袋から中身を取り出して見せてくれた。ローションのボトルと箱入りのコンドームだった。

「用意してたのか？」

「いつこういう展開になってもいいように、佑と会うときはいつも持ってた」

「気付かなくて悪かった」

「大丈夫。今からいっぱい使うから」

「いっぱい？」

驚いて目を見開く佑に、

「嘘だよ」

秋吾は笑って、佑の唇に軽いキスをする。

「初めてはいい思い出にしないとね。次に繋がらないと、俺が辛いから」

秋吾のキスは唇から首筋へと降りていく。

唇は肌の至る所を啄《ついば》みながら、胸元へと辿《たど》り着いた。胸の尖《とが》りに舌を這《は》わされ、佑は驚きを隠せない。

「そんなことをしても……っ……」

女性のような膨らみはないのだから、無駄ではないか。そう言おうとしたのに、秋吾の舌の動きに遮られる。

秋吾は右の胸を舌で舐《な》め回しながら、左の胸を指で摘まみ始めた。決して痛みを感じることはなかったが、軽く摘ままれると痺《しび》れるような感覚が背中を駆け抜ける。

「感じてる？」

秋吾が顔を上げ、上目遣いで尋ねてきた。

「わからない……」

正直な気持ちだった。この感覚がなんなのか、初めての感覚を佑は言葉で説明できなかった。

「そっか。でも、こっちはわかってるみたいだよ」

秋吾の手がそっと佑の屹立《きつりつ》を撫《な》で上げた。

「……ふっ……ぅ……」

堪《こら》えきれずに息が漏れる。完全に勃《た》ち上がった中心は、撫でられるだけでも、充分すぎる刺激となって、佑を震えさせた。

秋吾は胸を弄《いじ》くる手を止めず、顔だけは下へと移動させていく。

舌が腹をなぞり、臍《へそ》を突《つつ》く。どこを舐められても、もう熱い息が漏れてしまう。秋吾の舌が触れるたびに、そこが性感帯へと変わっていくようだった。

秋吾が胸から手を離した。ほっとしたのもつかの間、両手で腰を掴まれ、股間に顔を埋められた。

「秋吾っ……」

屹立を舐められ、佑は驚きで声を上げた。止めようと両手を秋吾の頭に添える。だが、それくらいでは頭は動かない。

「はっ……ぁ……っ……」

勃起した屹立に秋吾が舌を這わせる。佑の腰が自然と揺らめく。

胸への愛撫のときとは違い、股間を直接刺激されれば、自分でも感じていることがはっきりとわかる。しかも、目に見える形で、それを秋吾にも知らしめてしまうのが恥ずかしかった。

自慰すらあまりすることのない佑には、口での愛撫は刺激が強すぎた。あっという間に、中心が限界にまで張りつめる。

「秋吾……、離……せ……」

早く離してほしい。そうしないと、秋吾の口を汚してしまう。その思いで必死で訴えたのに、秋吾の頭は動かなかった。

秋吾がついに舌だけでなく、口の中に佑を飲み込んだ。

「あっ……はぁ……」

唇で屹立を扱《しご》かれ、佑の口からは自然と声が溢《あふ》れ出た。

顔を上げて視線を落とすと、股間で頭を上下させている秋吾の姿が目に飛び込んでくる。その光景にも体が熱くなる。

「もう……出る……」

掠《かす》れた声で佑は訴え、さらには秋吾の頭を外そうと、手に力を入れた。だが、逆にがっちりと腰を抱え込まれ、動きを封じられる。快感に耐える状態の今は、体に力が入らない。秋吾をはねのけることはできなかった。

秋吾が佑を口に含んだまま、一際強く吸い上げた。

「くっ……う……」

未知の刺激に我慢などできなかった。堪えきれずに、佑は低く呻《うめ》いて、迸《ほとばし》りを秋吾の口の中に解き放つ。

咄嗟《とっさ》に、佑は秋吾を見下ろした。申し訳ないという思いからだった。だが、顔を上げた秋吾は佑の精液を吐き出すことなく、飲み込んだ。

「信じられない……」

佑は呆然として呟く。

キスすらほんの一ヶ月前まで知らなかった佑に、当然、口の愛撫を受ける経験などあるはずがない。挙げ句に自分の放ったものを飲み干されてしまったのだ。

「やりすぎた？」

悪気のない顔で問いかけられ、佑は無言で頷く。

「ごめん。びっくりするくらい抵抗がなかったから、ついさ。やっぱり佑のだからだな」

「そんなこと言われても……、俺はもう許容量オーバーだ」

佑は両腕を顔の前で交差し、秋吾の視線から隠した。立て続けの初めての経験に、頭が追いついていかない。

「まだまだこれからなんだけど」

秋吾の言葉に思わず佑は腕を外す。

秋吾は佑の足下に片膝を立てて座っていた。その足の間に、すっかり勃ち上がった屹立が見えている。

今まで佑だけが愛撫を受け、快感を得ていた。それに対して、秋吾は奉仕するだけだった。

秋吾がこれからだというのは当然だった。

　秋吾が佑の両膝を摑んで立たせて足を開かせる。そして、すぐさまその間に体を入れてきた。佑の足の間に秋吾が座っているような格好になる。

「ここ……」

　足の間の奥に手を伸ばした秋吾が、後孔を指で撫でた。

　誰にも触れられたことのない場所だ。無意識に体がビクリと震える。

「いいかな?」

　秋吾が何を求めているのか。経験はなくても知識としては知っている。抵抗がないといえば嘘になるし、怖いという思いもある。だが、佑は頷いて見せた。佑も秋吾の全てを知りたかったし、もっと深く繋がりたかった。

　佑の決意が伝わったのか、秋吾が嬉しそうに笑う。

　秋吾は持参したボトルを摑み、ドロリとした液体を手のひらにたっぷりと垂らすと、再び佑の後孔に手を差し入れた。

「……っ……」

　滑《ぬめ》った感覚を与えられ、体が竦《すく》む。まだ指先が触れただけだというのに、思わず体がずり上がりそうになるほどの違和感がある。

「ゆっくりするから」

秋吾はその言葉どおり、いきなり指を押し込んでくることはなかった。後孔の周辺を揉《も》みほぐすように、指の腹で撫で始める。

もちろん、痛みなどないのだが、快感もなく、形容しがたい不思議な感覚が与え続けられる。

「くっ……」

ついに指が押し込まれ、押し出されるように声が出た。ローションをまとった指先が、ほんの少し中に入っただけで、さっきまでの違和感など比較にならないほどの異物感が佑を襲う。

そんな佑の反応を見ながら、秋吾はゆっくりと指を中へと進めていった。

もし、佑が痛みを感じているようなら、秋吾はすぐに指を引いただろう。だが、佑の表情にそれがないことに、秋吾は気付いていた。

秋吾の長い指が付け根まで押し込まれる。不快感に自然と顔が歪んでしまう。それを宥《なだ》めるかのように、秋吾が佑の萎《な》えた中心に指を絡《から》めてきた。

「こっちに集中してて」

秋吾がそうなるよう、絡めた指を上下に動かし始める。

さっき達したばかりで敏感になっているし、体もまだ熱いままだ。秋吾の手が屹立に力を取り戻させるのに、時間はかからなかった。

「あ……はぁ……」

また熱い吐息が零れ出す。声の殺し方もわからず、またそうするだけの余裕も佑にはなかった。

後ろに沈められた指が少しずつ動き始めても、再び勃ち上がった屹立が萎える気配はなく、むしろ、手助けするかのように佑を昂ぶらせた。

「ああっ……」

中を探っていた秋吾の指が、前立腺を擦り上げ、佑は一際大きな声を上げた。

自分の体に何が起きたのかわからない。味わったことのない激しい快感だ。佑は背中が浮き上がるほど、背をのけぞらせた。

「ここ?」

秋吾が問いかけながら、同じ場所を指先で刺激する。

「駄目……っだ……」

感じすぎておかしくなる。質問になど答えられない。佑は頭を振って、快感から逃れようとする。

「こっちだけでもっと感じて」

秋吾は前に回していた手を離し、佑の右太股《ふともも》をがっちりと抱え込んだ。

快感で力の入らない体では、拘束を振り払えず、佑は逃げ場を失う。後孔に突き刺された指は、なおも佑を追い詰めた。

「やめ……っ……あぁ……」

前立腺を指の腹で擦りつつ、秋吾はさらに指を増やした。不快感も異物感も快感が打ち消す。完全に勃ち上がった屹立は、先走りを零し始めていた。

佑の中にいる二本の指は、それぞれ違う動きで佑を昂ぶらせる。また限界が近づいてきたが、秋吾はいかせてくれようとはしなかった。

「まだ我慢して」

無慈悲な言葉とともに、さらに指が増やされる。

佑は気付いていなかったが、さっきまでの秋吾の指使いは、ただ佑を感じさせるためではなく、秋吾を受け入れさせるための準備だった。三本の指が中を押し広げるような動きを始めたことで、ようやくわかった。

「まだ……か……?」

早く楽になりたいと、佑は掠れ声で問いかける。

「まだきついかもしれない」

答える秋吾の表情は険しい。その理由を秋吾が苦笑いで語る。

「でも、俺もそろそろ限界」

「なら、もういいから……」

佑を気遣ってくれているのはわかる。それでも快感が長引くのも辛いのだと、佑は秋吾に手を伸ばした。

秋吾がゴクリと唾《つば》を飲み込んだ。佑は意図せずして、秋吾に我慢の限界を超えさせてしまったらしい。

秋吾は指を引き抜くと、すぐさま佑の両足を自らの腰を挟むようにして抱えた。そして、そのまま腰を押し進める。

後孔に熱い昂ぶりが押し当てられた。

「力を抜いてて」

知らず知らず身構えていた佑に、秋吾が優しく声をかける。

どうやって力を抜けばいいのか。高校時代、部活の練習中には力を抜けだとか、肩に力が入りすぎだとか、よく後輩に指導をしていたというのに、こんな状況では、過去の経験などまるで役に立たない。

「佑」

秋吾が動きを止めて、佑を見つめる。佑が見つめ返すと、秋吾の唇がゆっくりと動き出した。

「愛してる」

初めて自分に向けられた深い愛の言葉だ。それが秋吾の口から発せられたことに、佑は感動して胸を震わせた。

秋吾の告白に答える術は、佑には一つしか思い浮かばない。佑は自分もだというふうに頷いて、体の力を抜いた。

「あぁっ……」

硬くて大きな屹立が、佑を犯す。

熱い昂ぶりは、佑の中を押し広げながら、奥へと進んでいく。佑は息を吐いて、その衝撃に耐えた。

秋吾は時間をかけて佑の中を馴《な》らしていたが、それでもまだ狭かったのだろう。秋吾のほうが苦しげに眉根を寄せている。

もっと自分が力を抜ければいいのかもしれない。そのためにどうすればいいのか。考えた挙げ句、佑は自らに手を伸ばした。

萎えかけていた屹立は、自分の手でも待ちかねたように刺激を受け入れる。こんな形で久しぶりの自慰をすることになろうとは思わなかった。それがおかしくて、佑は小さく笑う。

さっきまでは快感が激しすぎて考えることなどできなかったが、圧迫感を堪《こら》えることは、それに比べれば遥かに楽だった。

「佑？」

佑の変化に気付いたのか、秋吾が問うように名前を呼んだ。

「少しは楽になったか？」

「ありがとう」

締め付けが緩んだのか、秋吾の顔に笑みが浮かぶ。

「佑は？」

「大丈夫だ」

何がどう大丈夫かと問われると返事に困るのだが、他に答えようがなかった。そして、大丈夫だと言わなければ、秋吾が先に進まないこともわかっていた。

「動くから、摑まってて」

経験のない佑を秋吾が導く。覆い被さってきた秋吾の背中に、佑は腕を回した。

「う……ぅ……」

秋吾がゆっくりと腰を引き、すぐにまた腰を進める。その動きに押し出された佑の声は、決して快感を伝えていなかった。けれど、佑はやめるなという思いを込めて、きつく秋吾にしがみつく。

「ちゃんと気持ちよくさせるから」

秋吾がそう言ったのは、佑を安心させるためと、自分を戒《いまし》めるためでもあったのだろう。自己中心的に動くのではなく、共に快感を得るための行為なのだと。

最初は浅く、抜き差しを繰り返す。その動きに佑が慣れるまで、秋吾は焦らなかった。佑

の吐く息から痛みが消えるのを待って、今度は深く屹立を突き入れた。

「はっ……あ……あぁ……」

突き上げられるたびに溢れ出る声は、もはや嬌声《きょうせい》でしかなかった。秋吾の屹立が前立腺を掠め始めたせいだ。

既に佑の中心は、完全に力を取り戻している。いつでも達することができるほどにだ。だが、秋吾の動きは止まらない。

見上げる秋吾の顔が、佑には霞《かす》んで見えた。激しすぎる快感が、佑の目に涙を溢れ出させていた。

「も、もう……」

「いきそう?」

佑の言葉にならない声を聞き取った秋吾に問いかけられ、佑はコクコクと何度も頷いて返す。必死だった。

「息ぴったり。俺もだよ」

そう言って、秋吾は右手を佑の中心へと伸ばしてきた。左手だけで佑を抱えることになるが、その分、佑がしがみついているから大丈夫だと判断したのだろう。

佑の屹立に絡んだ秋吾の指が激しく上下に動き出し、それと同時に秋吾が大きく突き上げた。

「ああっ……」

秋吾の手に促され、佑は声を上げて二度目の射精を迎える。

何がなんだかわからないまま、秋吾との初めてのセックスは怒濤のごとく過ぎ去った。秋吾が達したのかどうかもわからない。意識がなくなったわけではないのに、射精した後は放心状態になってしまい、我に返ったのは、秋吾に顔を覗き込まれてからだ。

「大丈夫?」

秋吾が心配そうに尋ねてくる。

「あ、ああ」

出した声が掠れていて、声が嗄《か》れるほど喉を使ったのかと、佑は自分でも驚いた。

「無茶しすぎたかな?」

「いや、平気……」

答えかけたものの、急に全てを思い出し、佑は言葉を途切れさせる。さっきまでの痴態は忘れられるはずもなく、羞恥《しゅうち》で全身が熱くなる。

佑はそばに丸まっていたタオルケットを引き寄せ、頭から被った。

「なんで隠れるんだよ」

秋吾の笑う声が聞こえてくる。

「こういうとき、どういう態度を取るのが正解なんだ?」

恥ずかしすぎて、秋吾の顔がまともに見られない。だが、それでは秋吾に失礼だし、何より、顔が見えないのは不安にもなる。

「正解なんてないけど、俺はいちゃいちゃしてたい派かな」

意外すぎる言葉に驚いて、佑は思わずタオルケットを剝ぎ取った。秋吾がどんな顔でそんなことを言ったのか気になったからだ。

佑が顔を見せるのを待ちかねていた秋吾が、してやったりというふうに笑う。

「今のは嘘か？」

「そんな嘘吐かないって」

「そうか。秋吾はそんなタイプだったのか。意外だな」

「佑にだけだよ」

秋吾は嬉しそうに笑って、佑の横に寝そべった。

「そうか。俺だけか。嬉しいもんだな」

ポツリと呟いた佑の口元には笑みが浮かんでいた。

多分、十年前ならきっとこんなふうに、素直にはなれなかった。十年の月日が二人を成長させたとも言えるが、それ以上にあの事件が大きく影響している。

別れは突然にやってくる。この年齢になって思い知ったからこそ、そんな取り返しのつかない後悔をしないために、自分に正直でありたかった。

佑は隣にいる秋吾に手を伸ばす。

触れたいと思ったときに触れることができる。秋吾の頬から伝わる温もりを感じ、佑は目の前にある幸せを噛《か》み締めた。

あとがき

こんにちは、そして、はじめまして。いおかいつきと申します。

今作、『恋する罪のつづき』はミステリー風になっておりまして、一度は書いてみたかったクローズドサークルにも挑戦しております。細かいところで、頭を悩ませたりしましたが、念願叶って、非常に楽しく作業を進めることができました。

とはいっても、ミステリーではなく、あくまでミステリー風です。なので、犯人捜しはさておいて、そういう状況下での受と攻の心の距離が近づいていく様を楽しんでいただければと思っております。

さらには、ルックスではどっちが受か攻かわからないという、個人的趣味丸出しの設定になっていますので、その辺りも楽しんでいただきたいです。


イラストを描いてくださった麻々原絵里依様、受も攻もかっこよくて、本当に幸せでした。こんなに超絶好みの二人なのに、地味な服装しかさせられなかったのが、今回、唯一の後悔です。素敵なイラストをありがとうございました。

お世話になった担当様、いろいろとご面倒をおかけして申し訳ありません。そして、ありがとうございました。なかなかに長いお付き合いだというのに、迷惑をかけた記憶しかないような気がします……。

そして、最後にもう一度。この本を手にしてくださった方へ、最大の感謝を込めて、ありがとうございました。

二〇一八年五月　いおかいつき

✦初出　恋する罪のつづき……………書き下ろし

いおかいつき先生、麻々原絵里依先生へのお便り、本作品に関するご意見、ご感想などは
〒151-0051 東京都渋谷区千駄ヶ谷 4-9-7
幻冬舎コミックス　ルチル文庫「恋する罪のつづき」係まで。

幻冬舎ルチル文庫
恋する罪のつづき

2018年5月20日　　第1刷発行

✦著者	いおかいつき
✦発行人	石原正康
✦発行元	株式会社 幻冬舎コミックス 〒151-0051 東京都渋谷区千駄ヶ谷 4-9-7 電話 03(5411)6431［編集］
✦発売元	株式会社 幻冬舎 〒151-0051 東京都渋谷区千駄ヶ谷 4-9-7 電話 03(5411)6222［営業］ 振替 00120-8-767643
✦印刷・製本所	中央精版印刷株式会社

✦検印廃止

万一、落丁乱丁のある場合は送料当社負担でお取替致します。幻冬舎宛にお送り下さい。
本書の一部あるいは全部を無断で複写複製(デジタルデータ化も含みます)、放送、データ配信等をすることは、法律で認められた場合を除き、著作権の侵害となります。

定価はカバーに表示してあります。

©IOKA ITSUKI, GENTOSHA COMICS 2018
ISBN978-4-344-84233-5　C0193　Printed in Japan

本作品はフィクションです。実在の人物・団体・事件などには関係ありません。

幻冬舎コミックスホームページ　http://www.gentosha-comics.net

「幻冬舎ルチル文庫」
大好評発売中

発行● 幻冬舎コミックス　発売● 幻冬舎

「幻冬舎ルチル文庫」
大好評発売中

発行●幻冬舎コミックス　発売●幻冬舎

「幻冬舎ルチル文庫」
大好評発売中

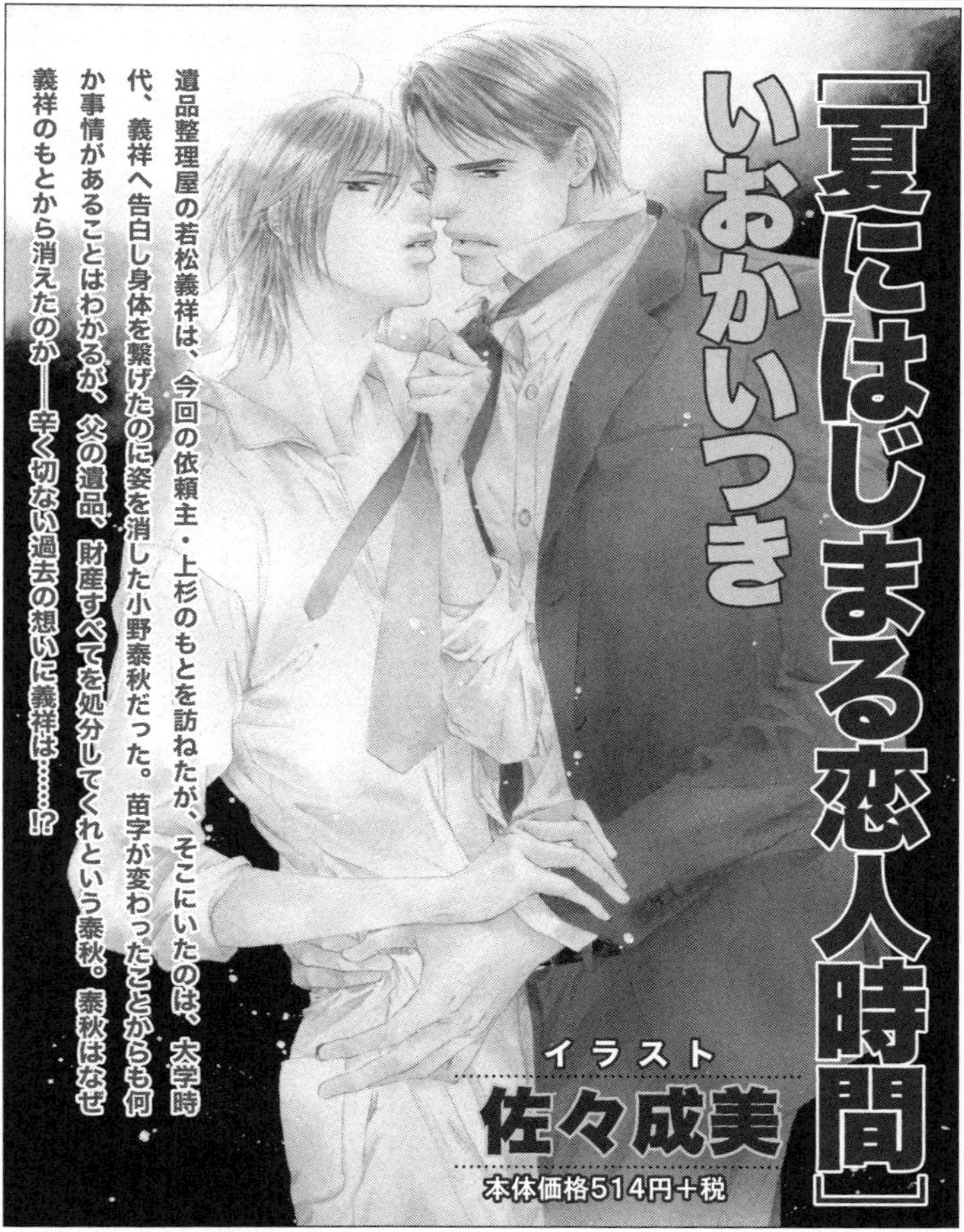

「夏にはじまる恋人時間」
いおかいつき

遺品整理屋の若松義祥は、今回の依頼主・上杉のもとを訪ねたが、そこにいたのは、大学時代、義祥へ告白し身体を繋げたのに姿を消した小野泰秋だった。苗字が変わったことからも何か事情があることはわかるが、父の遺品、財産すべてを処分してくれという泰秋。泰秋はなぜ義祥のもとから消えたのか――辛く切ない過去の想いに義祥は……!?

イラスト
佐々成美
本体価格514円+税

発行●幻冬舎コミックス　発売●幻冬舎

「幻冬舎ルチル文庫」
大好評発売中

二年間付き合った恋人に振られた犬飼美友は、失恋の痛手と酔った勢いで行きずりの男を強引に誘い一夜を共にした。数日後、美友の職場に異動してきたのは、あの晩の相手・野久保俊介だった。仕事で組むことになったものの、あの日のことを全く忘れているような野久保の態度に、安心とも失意とも言えぬ複雑な気持ちを抱く美友だったが……!?

［勇猛果敢なアプローチ］
いおかいつき
イラスト 角田緑
本体価格514円＋税

発行●幻冬舎コミックス　発売●幻冬舎

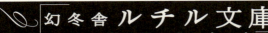

「幻冬舎ルチル文庫」
大好評発売中

人気上昇中の若手俳優・椋木海知は華やかな外見に似合わず生真面目な性格。初の主演ドラマで憧れの性格俳優・蓮見裕と共演することになり、その才能を目の当たりにして感激するが、傍若無人な蓮見の振る舞いには少なからず失望を感じていた。しかしスキャンダルに巻き込まれそうになったところを助けられて以来、蓮見が気になって!?

本体価格533円＋税

発行●幻冬舎コミックス　発売●幻冬舎

「幻冬舎ルチル文庫」
大好評発売中

「真昼の月1」

いおかいつき

イラスト 亀井高秀

同僚の裏切りが原因でマル暴の刑事を辞めた神崎秀一は、祖父の死を機に大阪へと移り住む。祖父から相続した雑居ビルに赴いた秀一はそこで桐山組の若頭・辰巳剛士と出会う。臆することなく対峙した秀一を気に入る辰巳。数日後、辰巳は勝手に部屋を改装、その見返りとして、秀一に手錠をかけ強引に体を繋ぎ……!? 書き下ろし短編を収録し文庫化!!

本体価格820円+税

発行●幻冬舎コミックス　発売●幻冬舎

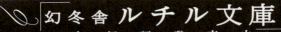